카페를 사랑한 사람들

# 카페를 사랑한 사람들

| 발행일 | 2018년 12월 14일 | | |
|---|---|---|---|
| 지은이 | 임 재 현 | | |
| 펴낸이 | 손 형 국 | | |
| 펴낸곳 | (주)북랩 | | |
| 편집인 | 선일영 | 편집 | 오경진, 권혁신, 최예은, 최승헌, 김경무 |
| 디자인 | 이현수, 허지혜, 김민하, 한수희, 김윤주 | 제작 | 박기성, 황동현, 구성우, 정성배 |
| 마케팅 | 김회란, 박진관, 조하라 | | |
| 출판등록 | 2004. 12. 1(제2012-000051호) | | |
| 주소 | 서울시 금천구 가산디지털 1로 168, 우림라이온스밸리 B동 B113, 114호 | | |
| 홈페이지 | www.book.co.kr | | |
| 전화번호 | (02)2026-5777 | 팩스 | (02)2026-5747 |

ISBN    979-11-6299-469-6 03810 (종이책)    979-11-6299-470-2 05810 (전자책)

이 도서의 국립중앙도서관 출판예정도서목록(CIP)은 서지정보유통지원시스템 홈페이지(http://seoji.nl.go.kr)와
국가자료공동목록시스템(http://www.nl.go.kr/kolisnet)에서 이용하실 수 있습니다.
(CIP제어번호: CIP2018041216)

임 재 현 장 편 소 설

카페를 사랑한 사람들

모두가 출근할 시간 카페에 앉아
대신 책 읽고 글 쓰는
'에코세대 근면성실 보고서'

북랩 book Lab

나의 성실과 의지는 내 아버지의 것이며,
그것에 마지않은 유머와 열정은 내 어머니의 것이다.


차라투스트라는 이렇게 말했다,
인간은 짐승과 초인 사이에 놓인 밧줄이다.

*contents*

1부

1

살기 가득한 꿈이었다. 누군가는 죽어야만 할 것 같았다.

그 이전 분위기는 전혀 달랐다. 여자와 텅 빈 방으로 들어온 나는 재미를 좀 보려고 했을 뿐이었다. "밖에 있는 저 남자가 너무 무서워." 갑자기 파랗게 질린 여자가 내게 말했다. "어떤 놈이 있다는 거야?" 나는 창문으로 다가가 남자를 찾았다.

온통 캄캄한 계단 위에 사람 하나가 서 있었다. 상체는 무엇인가에 가려져 보이지 않았고, 오직 두 다리만이 기둥처럼 여린 빛을 반사하고 있었다. 그것에 따른 내 인상은, 등을 돌린 채 서 있는 모습만이 유일하며 섬뜩하게 느껴지는 것이었다. "아무것도 아니니까 신경 쓰지 마." 나는 커튼을 치며 욕구불만이 들어찬 여자를 안심시켰다.

그때, 갑자기 한 남자가 창문이 달려있던 벽을 통과해 방 안으로 들어왔다. 그는 아무 거리낌 없는 몸짓에도 작은 소리조차 내지 않았다. 나는 소스라치게 놀라 여자가 안중에도 없었다. 내 눈에 띈 것은 남자가 들고 있는 커다란 도끼였다. 나는 이내 살얼음판 위에 내던져진 기분이었다. 그는 얼굴에 털이 덥수룩한 남자였다. 남자의 부릅뜬 눈은 시퍼런 불을 뿜으며 정면을 응시하고 있었다. 그는 두 다리를 보이지 않을 만큼 빠르게 움직였지만 여간 속도가 나지 않았고, 몇 걸음 떨어진 반대편 벽 앞에 이르기까지 그 모습을 유지하고 있었다. 벽 앞에 우뚝 선 그는, 나무로 된 자루를 두 손으로 거머쥔 후 눈앞에 벽을 힘껏 내리쳤다. 그 순간 굵직한 꽹음이 방안을 온통 채웠다. 단 한 번으로 벽은 여러 갈래의 균열을 일으키며 무너져 내렸고, 그 소리 또한 진짜임이 틀림없었다.

"누구세요!" 나는 남자의 뒤통수에 대고 소리를 질렀다. 하지만 내 목소리는 물속에서 내지르듯 했다. 나는 한 번 더 크게 소리칠 힘도 없었거니와, 남자가 나를 향해 다가올 것이라는 생각에 대처하느라 여자의 팔뚝만 더 세게 움켜쥘 뿐이었다.

하지만 남자는 나를 향해 고개를 돌리지도 않았다. 그는 부서진 벽 앞에 꼼짝도 하지 않은 채 서 있었을 뿐이었다. 나는 오히려 그의 행동 때문에 더욱더 괴로웠다. 그는 곧 자신의 오른편을 향해 움직였는데, 몸은 돌리지 않은 채였고 다리는 거의 뿌연 연기처럼 보였다. 그는 아까와 마찬가지로 그대로 벽을 통과해 사라지는 것이었다.

꿈은 다른 형태로도 나타났다. 스스로 무너진 벽은 다른 사람들을 덮쳤다. 낯선 이들은 온전한 문으로 들어와, 나를 찢어발길 듯 노려보았다. "다 네 잘못이지!" 그들 중 하나가 내게 소리쳤다. 나는 대체로 많은 사람에게 핍박을 당하고 있었다. "싫어! 싫다니까!" 나는 그들의 손길을 뿌리치며 여기저기 밀쳐대는 몸을 가누느라 서러움이 폭발해 눈물이 날 지경이었다. 나는 간혹 그들과 주먹다짐을 벌였지만, 내 물주먹은 아무리 뻗어봐야 소용이 없었다. 여러 명이 달려들어 내 팔다리를 붙잡았을 때, 나는 얻어맞을 때 내는 헛소리만 지껄일 뿐이었다.

나는 한동안 빠르게 뛰는 심장을 몸속 어딘가에서 찾느라 꼼짝없이 침대 위에 누워 있어야만 했다. 가끔은 아무것도 기억할 수 없음에 그런 행동을 했다. "도대체 이게 뭐지? 왜 이런 꿈을 꾸는 거야?" 나는 침대에서 의자까지의 거리를 쥐처럼 돌아다니며 중얼거렸다. 꿈속에서는 어디서든 그 의미를 찾을 수 있을 것이란 생각이 들었지만, 나는 항상 고통에 침잠해 자신을 돌보는 일에만 열심이었다.

천장이 바로 내 머리 위에 있었고, 턱 끝까지 차오른 물속을 걷느라 나는 안간힘이었다. 물살에 휩쓸려 사라지지 않기 위해서는 한걸음에 천 번의 무게를 실어야만 했다. 무엇하나 쉽게 느껴지지 않았다. 나는 직접 내 눈을 통해 그것을 보고 있거나, 폭우가 쏟아지는 하천을 건너는 사람을 멀리서 지켜보며 몸을 떨기도 했다.

폭우로 인해 하늘은 구멍이 뚫린 듯했다. 그때 나는, 카페 앞

테라스에 우두커니 서 있었다. 테라스의 천막은 무거운 빗물을 쏟아내느라, 나는 그 소리를 들으며 야릇한 감정을 느끼듯 몸을 떨었다. 바닥에서는 내가 좋아하는 흙냄새가 났다. 내 몸 여기저기는 비에 흠뻑 젖어 있었다.

"염병! 이렇게 가다간 정말 죽고 말 거야." 나는 사장에게 전화를 걸었다.

"일을 그만둬야 할 것 같아서요." 평소와 다름없는 목소리로 인사를 한 뒤 나는 곧장 이 말을 내뱉었다.

"뭐? 지난주만 해도 아무 말 없더니 갑자기 그게 무슨 소리야? 회사에 무슨 불만이라도 있는 거야?" 그의 말에 나는 아니라고 대답했다. "다른 사람이 자넬 못살게 굴든가?" 그가 다시 물었다. 그 말에 나는, "아뇨, 그런 적 전혀 없었습니다. 다들 너무 잘해주셨습니다."라고 대답했다.

처음 입사한 후 나는 매번 점심을 사주는 직원들로 인해 곤란을 겪었을 정도였다. 그것은 사장이 지시한 일이었다. 한 번은 내가 여러 명의 점심값을 계산하는 선임에게 먼저 "감사합니다."라고 인사를 해버렸다. 선임은 나를 보고 아주 크게 웃으며 "사주는 거 아닌데?"라고 말했다. 나는 머쓱해지긴 했지만, 내가 큰 잘못을 한 것은 아니라고 여겼다. 그 후에도 나는 혼자 점심을 먹겠다는 말은 끝내 하지 못했으나, 모든 술자리를 거부한 채 집으로 향했다.

"아니, 그럼 그만두겠다는 이유가 도대체 뭐야?" 사장은 여러 번 내게 회사를 그만두는 이유에 관해 물었다. 그에게는 월요일 아침에 이러한 이야기를 듣는 것이 못마땅하다는 말투도 섞여 있는 듯했다. 그의 말에 나는 잠시 말문이 막힌 것이, 결국 말하고자 하는 이유가 그에게는 적절치 않다고 생각했기 때문이었다.

"책이 좀 보고 싶어서요."라고 내가 말하자, 어처구니가 없다는 듯 웃는 소리가 수화기 너머에서 들려왔다. 그는 유머가 넘칠뿐더러, 결단력도 있는 사람이었다. 하지만 그것은 내게 당연한 반응으로 느껴졌다. 내게는 전혀 놀랍지도, 새롭지도 않은 이 세상이 계속해서 말을 걸고 있다는 생각이 들었다.

"이 사람아, 우리가 파는 연구 장비 공부가 힘들어서 그런가? 배우는 과정인데 시간이 좀 걸릴 수도 있지. 앞으로는 영업에 대한 방법도 배워야겠지만, 경력 많은 선임들이 있는데 뭐가 걱정이야? 당장 책이 보고 싶다면야 얼마든지 따로 시간도 내줄 수 있어." 나는, 내게 그런 것은 중요하지 않다고 거듭 소리치고 싶었지만 참았더랬다. 몇 주 전부터 나는 오늘을 기다려왔는지도 모를 일이었다. 중요한 것은 어쩌면 하나뿐이라, 나는 전화를 걸기 전까지도 이해할 만한 변명을 떠올리지 못한 것이다. 내게 사장의 새카만 피부와 담배 찌든 냄새가 떠오른 것은 그때였다.

곧 카페 직원이 비를 뚫고 테라스 안으로 들어섰다. 그녀는 예쁜 얼굴에 차가운 표정만 짓는 여자였다. 그녀가 어제보다 더 짧은 단발이 되었다는 걸 나는 곧바로 알아차릴 수 있었다. 그녀는 비에 젖은 옷을 털어내고 있었고, 내 손에는 여전히 내려놓지 못한 우산이 들려 있었다. 그녀는 나를 힐끔 쳐다보더니, 곧 무거운 철문을 밀어 올려 고정하느라 까치발이 되어 있었다.

최근 3개월 동안 나는 옳은 말만 하느라 녹초가 될 정도였다. 돈을 벌기 위해 해야만 하는 일의 경계를 가늠하는 일은 갈수록 어렵게 느껴졌다. 이렇게까지 해야만 하는 이유가 결코 하나는 아니라고 생각했다. 빗물에 젖어 들러붙은 양복바지 때문에 찝찝한 기분이 들었다.

"아니 자네, 겨우 책 보는 것 때문에 잘 다니던 회사를 그만두겠다는 건가? 난 자네가 여간 성실해서 좋아했는데 정말 실망이네."

비가 거세게 땅을 때리고 있었다. 옆 건물 아래에는 벌써 웅덩이가 생겨 골목으로 가는 길을 좁히고 있었다. 나는 사장의 말이 더 듣고 싶지 않았고, 더는 참을 수 없어 그에게 소리쳤다.

"사장님도 좋아하는 일을 하셨던 거잖아요! 그래서 회사 운영도 열심히 하셨던 거 아니에요? 저도 좋아하는 일을 하고 싶어서요! 회사는 더 다닐 수 없을 것 같아요."

내 말에 사장은 또다시 웃음을 터뜨렸다. 반면 나는 눈물을 참느라 이를 악물었다. 나는 좀 엉성하게 말하느라 같은 말을 반복했다는 생각도 들었다. 나는 평생 지각을 해본 적도 없었던 사람이라, 지금 상황을 빨리 벗어나고자 하는 것만 같았다. 하지만 애매한 상태라는 것은 결국 파국으로 치닫는 지름길이었고, 전화를 끊은 내가 지금이라도 회사에 출근하는 일은 불가능한 것으로 여겨졌다.

"곧 명함도 파주겠다고 하지 않았나? 이런 식이면 어디 가서 제대로 일이나 할 수 있겠어? 정이라는 게 있지, 자네는 예의범절도 모르는군!" 그가 내게 말했다. "죄송합니다." 나는 거듭 죄송하다는 말만 하다 전화를 끊었다.

여름이 끝나갈 무렵, 비는 그 모든 무더위를 씻길 듯 퍼붓고 있었다. 나는 곧 책을 읽기 위해 카페 안으로 들어갔다. 나는 흠뻑 젖은 옷을 벗고만 싶은 심정이었고, 지금의 분위기가 책을 읽는 일과 무척 잘 어울린다고 생각할 뿐이었다. 며칠은 잘 다려진 양복을 차려입고 카페에서 책을 봤다. 마찬가지로, 나는 온몸에 흐르는 땀을 닦느라 여름 내내 뒷주머니에 손수건을 가지고 다녔다.

내가 집으로 돌아가 부모님께 사실대로 말할 수 있었던 것은 며칠이 더 지난 일이었다. 점심을 먹지 못하는 것은 아무런 문제도 아니었다. 무엇보다, 지금의 복장으로는 책을 보는 데 방해가 됐기 때문에 나는 서둘러야 했다. 내가 그러한 생각을 해낼 수 있었던 것도 오로지 책을 보고 싶다는 마음 때문이었다.

"회사에 있는 사람이 대부분 나이가 많거든요. 그래서 절 새로 뽑았던 거래요. 근데 사정이 여의치 않다고 저보고 미안하다고 하더라고요." 그것은 더 비겁한 방법이었지만, 며칠을 낭비하며 내 마음이 조금 바뀌고 말았다.

"오늘 사장이 너한테 직접 말했니?" 아버지가 내게 물었다.

"사실은 지난주까지만 출근이어서요. 며칠은 그냥 다른 데서 시간 좀 보내다 온 거예요."

"돈은?"

"일한 날까지 쳐서 다음 달에 넣어주겠죠."

텔레비전에서는 뉴스가 큰 소리로 흘러나오고 있었다. 아버지는 소파에 앉아 무릎에 양팔을 괴고 몸을 앞으로 기울이고 있었다. 아버지의 몸은 내 쪽으로 조금 틀어져 있는 상태였다. 아버지는 나를 보고 있었고, 간혹 생각에 잠긴 듯 텔레비전을 바라보았다. 손에는 여전히 리모컨이 들려 있었다.

"어디 있을 땐 있었고?"

아버지는 평소처럼 미간을 잔뜩 찌푸리고 있었다. 내게는 아버지가 조금 당황한 기색도 엿보였다. 나는 "그냥 여기저기 돌아다니기도 하고 카페에도 있었죠."라고 말했다. 거실 바닥에 앉아있던 나는 더 자세히 설명하려다 좀 머뭇거렸다.

"그래, 차라리 잘됐다. 그런 무른 회사는 일찍이 그만두길 천 번 잘한 거야. 직장이야 또 구할 수 있을 테니 너무 걱정하지 말고. 앞으로 시간이 많으니까 천천히 생각해봐. 아빠 엄마는 네가 원하는 일을 하길 바라니까." 잠시 생각에 잠겨있던 아버지가 내게 말했다. "처음에는 다 그런 거지, 그런 일은 누구나 다 겪는 거야." 어머니는 내 말을 들으며 저녁 준비를 하고 있었다. 오히려 어머니는 말을 아끼려는 듯 보였다. 그래도 마찬가지로 내게 희망적인 이야기를 들려주었다. 나는 뭔가 변명이라도 하려는 척하다가 대답만 "네" 하고 말았다.

다음 날부터 나는 카페로 출근 도장을 찍기 시작했다. 카페는 대학교 시절, 친구와 공부를 하기 위해 다니던 곳이었다. 최근 나는 그곳에서 주말에만 책을 보고 있었다.

"평일과 주말의 구분 따윈 없는 거야. 이제 하루 대부분 책을 볼 수 있게 되다니!"

나는 그곳에서 아침부터 저녁까지 시간을 보냈다.

2

한참 출근 행렬이 지하철을 점령했을 때는 카페를 가지 않았다. 그것은 회사에 출근하는 것만큼 힘든 일이었다. 나는 늦잠도 좀 잤고, 몇 달간 타던 지하철 반대편에 매일 몸을 실었다.

"나갔다 올게요." 나는 한 가지 생각뿐이었다.

"비도 오는데 집에 있지 그러니?" 집을 나서던 내게 아버지가 말했다. 아버지는 소파에 기대 어제 일어난 사고 소식에 귀를 기울이고 있는 듯했다. 해외에서 일어난 폭탄 테러가 많은 사람을 죽게 만든 모양이었다. 나는 아버지와 많은 대화를 나눈 적이 없었다. 몇 달 전 벌어진 말다툼은 아마 최초의 대화, 아버지는 정말 그것을 대화라고 생각했던 것이다. "꼭 나가야 할 일이 있어서요." 나는 신발을 구겨 신으며 말했다.

한적한 거리는 비가 내리는 동시에 햇살이 만연해 있었다.

"제기랄! 도대체 비가 무슨 상관이라는 거야!" 나는 최근 부쩍 성질을 냈지만, 곧 혼자 삭혀야만 하는 일은 여간 곤욕스러웠다.

카페는 지하철로 두 정거장 떨어진 곳이었다. 창밖은 처음에

까맣게 아무것도 보이지 않았다. 곧 닿을 듯 늘어선 아파트들이 보였고, 그 사이로 또 하나의 아파트가 보였다. 상가 건물에 달라붙은 여러 간판이 있었다. 당구장, 치과, 통증의학과 간판은 내 눈높이에 맞춰 나란히 붙어 있었다. 나는 그것들을 이미 여러 번 보았고, 그게 무엇인지는 이제야 알게 되었던 것이다. 지하철 문이 열리자 사람들이 오르내렸다. 여름이나 겨울이나 그들은 비슷한 모습이었다. 그다음은 다시 주차장과 아파트, 여러 층의 주차장을 가진 초록색 건물 하나가 가장 가까이서 모습을 드러냈다. 도로 위에 차들은 항상 멈춰 있는 듯했다. 풍성한 나무들이 주변을 조금 가렸고, 넓은 하천 옆으로는 더 많은 풀숲이 우거져 있었다. 넓은 부지는 전부 지하철을 세워두는 곳이었다. 갈수록 아파트와 상가가 즐비한 평범한 동네였다. 운전면허 시험장의 큰 건물과 짧은 주행도로는 마치 학교처럼 보였다. 그곳에 듬성듬성 들어선 풀밭이나 초록색 지붕들은 보잘것없었다. 역에 다다르자 상가 건물의 옥상 여러 개가 눈에 띄었다. 내가 매번 내리는 칸은 계단과 가장 가까운 자리였다. 카페는 지하철역에서 조금만 걸어도 도착할 수 있는 곳이었다.

오전 시간 카페는 텅 비어 있었다. 나는 천천히 그곳을 둘러보았다. 4인 좌석에는 앉지 않았고 혼자 앉아도 괜찮은 곳만 골라 앉았다. 대부분 같은 자리였을 것이다.

"아이스 아메리카노요."

나는 매번 똑같은 말만 했다. 카페 직원은 내게, "한 잔이요?" "사이즈 작은 거 맞으세요?"라는 말을 조금씩 바꿔서 하곤 했다. 직원은 가끔 해야 할 말을 생략하기도 했다. 그것은 내게 씁쓸하기도 하고, 왠지 달콤하게도 느껴졌다. 나는 그 커피를 다 마시지도 않았고 상관없었다. "카페에 왔으니 커피를 주문하는 건 당연하잖아?" 나는 앉을 자리에 대한 권한을 돈으로써 갖는다고 생각했다. 진동 벨이 울리자 나는 카운터로 갔다. 나는 간혹 진동 벨이 울리는 원리가 궁금했다.

"맛있게 드세요."

"감사합니다."

그것이 내겐 정해진 신호처럼 느껴졌다. 픽업 대에 놓인 커피를 양손으로 꼭 붙든 내 모습은 마치 출발선 앞에 자세를 잡은 사람처럼 진지했다. "뭐 어쩔 수 없지." 나는 그사이에도 분명 재빠르게 움직여 자리로 돌아왔다. 빨리 책이 보고 싶었기 때문이다. 자리로 돌아왔을 때 내가 했던 생각은 이런 것이었다.

'내가 매일 쓰는 4,100원의 가치는 결코 자리 하나를 차지하기 위함만이 아닌 것이다. 나에게는 전혀 아깝지 않다. 나는 내 욕망을 위해 다른 많은 것을 미루어두고 포기할 생각까지 가지고 있지 않은가? 나는 그 많은 것을 기꺼이 포기하고 싶다. 나는 이런 돈이라면 얼마든지 내고 싶어 할 것이다. 나는 시간이 흘러가는 모습을 눈으로 포착해 설명할 수 있다고 여기는 사람처럼, 쓸모없고 생산적이지 못한 하루를 반복하고 있지 않은가? 하지만 내 행동은 오직 나를 위한 것임에 괜찮은 것으로 여겨진다. 나는 대부분의 사람이 평생을 걸쳐도 갖지 못할 것에 욕심이 있다. 이것은 양복을 입고 높은 건물 사이를 쏘다니며 느꼈던 것과는 다른 허영심이다. 내가 그것을 비로소 가질 수 있다는 확신만 내게 계속 머물러 준다면, 나는 그 모든 것을 감당해낼 자신도 있다. 나는 내 욕망을 긍정하기 위해 다른 것을 부정해야만 했다. 부모가 욕망하는 것, 나는 그것이 아무리 나를 옥죄이는 족쇄처럼 느껴진다고 하더라도, 몹시 사소해 웃을 수 있는 것으로 느껴 들어줘야만 하는 것도 알고 있다. 나는 사소한 요구를 듣는 일마저 괴로워 고래고래 소리를 지르기도 했다. 내 마음에 그럴만한 여유가 없었기 때문이다. 나는 그것들을 이를 악물고 해야만 하는 일로 느낄 뿐이다. 하지만 나는 스스로 가면을 벗었으니, 다시 쓸 수도 있을 것이다. 나는 가장 어렵고 커다란 요구를 그 많은 사람에게 설득시키려 애를 썼던 것이다. 그것은 내가 죽어서까지 지킬 수 있다고 여기는 것과는 다른 종류였다. 전혀 불가능한 일로 보였다. 나는 많은 이들이 원하는 일을 하는 것이 훨씬 더 쉬우리라는 것에 확신에 못도 박아댔다.

하지만 내가 10원도 벌지 않는다는 의미로서도, 나는 더 쉬운 일도 하지 못하는 불행한 인간이다. 다행히 나는 그 의무로부터 잠시 벗어나 있고, 나를 위한 생각도 할 수 있게 되었다. 나는 내가 사는 이유를 알고 있다. 사는 이유를 아는 인간은 그 어떤 고통도 견딜 수 있다. 이 말보다 나를 잘 느끼도록 해주는 말은 없는 것이었다. 그것은 분명 내 삶 속에 존재했지만, 하나의 잠언이 아닌 전혀 다른 형태로서 꿈틀거리고 있었던 것이다. 꽤 오랜 시간이 지나서야 나는 그것을 말로써도 읽어낼 수 있었다. 중요한 것은 내게도 이 커다란 힘이 존재했다는 사실이다. 그것만으로도, 앞으로 그렇게 살 수 있다는 생각으로도 나는 얼마든지 오늘 하루를 결코 허무한 것으로 느끼지 않는 것이다.'

정오가 지나 카페에 왔을 때는 더 늦게까지 시간을 보냈다. 나는 될수록 카페가 문을 닫는 시간까지 책을 보고자 했다. "난 열정이 부족했던 게 아니야. 아무튼 그건 아무것도 아니었던 거지." 그때마다 나는 예전의 내 모습을 떠올리는 것이었다.

시간이 흐를수록 내 목은 마비가 온 듯했고, 어깨가 심하게 굳은 듯 팔이 저렸다. "이놈의 몸뚱어리가 매번 말썽이군. 도대체 왜 내 말을 듣지 않는 거야!" 내 몸 곳곳에는 통증을 더 많이 느끼도록 스위치가 달린 듯했다. 나는 화를 참을 수가 없을 때, 스트레칭을 조금 더 성의 있게 하거나 잠깐 아무것도 하지 않고자 했다. 카페 조명은 눈이 부실 정도였고 글씨들은 춤을 추기 시작했다. 내일 다시 그 부분을 읽는다면, 나는 전혀 다른 인상을 받을 것이 분명했다.

가끔은 편한 자세로 누워도 있었다. 나는 최대한 편하게 자세를 바꿔가며 책을 봤다. "누가 보던 그게 무슨 상관이람! 어차피 저들은 날 알지도 못하고, 하고 싶어도 못하는 거잖아!" 나는 앉은 자리에 상체를 눕힌 후 맞은편 의자까지 다리를 쭉 뻗었다. 허리와 엉덩이가 공중에 붕 떠 있어 나는 완전한 죽음을 느껴보는 연습은 할 수 없었다. 나는 정말 편하게 누웠지만, 아무 일도 하지 않는다는 기쁨도 느낄 수 없었다. 단지 죄스러운 마음을 없애고 싶을 뿐이었고 하고 싶으면 그렇게 했다.

저녁이 되자 많은 사람이 카페 안 자리를 메웠다. 사람들의 목소리가 온통 섞이자 카페 안은 마치 메뚜기 떼의 습격을 받은 듯했다. 오히려 그때는 멀리서 직원이 그릇을 씻는 소리가 또렷하게 들렸다. "나는 인생이 영원하지 않다는 걸 알고 있으니까." 하지만 내 뒤통수에서부터 밀려오는 고통은 참을 수 없을 정도였다. "그래, 너무 조바심내지 말자. 내일 다시 오는 거야." 나는 카페를 빠져나와 곧장 집으로 향했다. 많은 사람이 밤의 분위기에 취한 듯 거리를 오가고 있었다. 정말 취한 이들은 비틀거리며 크게 소리를 지르기도 했다. 그들은 서로 웃고 떠들었지만, 내게는 입만 뻥긋대는 것처럼 느껴지기도 했다. 그때야 나는 매번 집으로 향하는 자신 때문에 조금 외로움을 느끼기도 했다.

카페는 오래된 나무에 속을 뚫어 놓은 듯, 테이블이며 의자, 책장과 칸막이가 전부 나무로 이루어져 있었다. 콘크리트 벽은 동굴에 표면처럼 갈라진 틈이 드러나 있었다. 나무 벽에는 지워지지 않을 낙서들이 가득했다. 그것이 인테리어라는 생각과 달리, 바닥에는 들러붙은 껌 자국이 여럿 지워지지 못한 채 새겨져 있었다. 테이블은 균형이 맞지 않거나 다리 하나가 떨어져 나가기 직전이었다. 의자는 쿠션도 없는지라 무척 쌀쌀맞아 보였다. 내가 앉는 자리는 등받이조차 없었다. 등받이가 없는 자리는 옆으로 길게 이어져 기역자의 구조를 이루고 있었다. 등받이가 있는 자리도 대부분 두껍고 딱딱해 불편했다. 나무 줄기를 엮어 만든 등받이를 가진 가벼운 의자가 하나 있었는데, 그 의자에 기대었을 때는 뒤로 넘어갈 각오를 해야 할 정도였다.

카페에 들어선 남녀는 커다란 접시에 쌓인 빙수를 함께 먹었다. 나는 그들이 좀 전에 보았던 사람들인 줄 잠시 착각하고 있었다. "그 남자가 죽어야 결말이 재밌어지는 건데!" 그들은 영화를 보고 온 듯 대화를 나누고 있었다.

산처럼 쌓여있던 빙수가 줄어들고 있는 것이 내 눈에 띄었다. 그것은 숟가락으로 휘젓는 바람에 전부 이상한 색으로 바꿰어 있었다. 접시의 테두리는 온통 초콜릿 범벅이었고, 접시는 이제 국물만이 가득했다. 그다음 카페에 들어온 사람은, 그접시에 무엇이 있었는지를 그저 짐작할 수 있을 뿐이다. 놓아둔 숟가락도 손잡이 부분을 빼면 온통 더러워져 테이블 위에놓여 있었다.

그들은 각자 핸드폰을 보며 시간을 보내기 시작했다. "도대체 저 둘은 서로 사귀는 사이가 맞는 건가?" 나는 그들이 의심스러웠고, 그들이 곧 밖으로 나가는 모습을 지켜보았다. "불편한 의자는 카페 회전율에 도움을 주는 것이지. 더불어 책 읽을좋은 분위기도 만들어준단 말이야." 나는 다시 조용해진 분위기에 마음이 흡족했다.

여러 명의 주부만은 예외였다. "아이들까지 합쳐서 세어야지!" 아이를 품에 안은 여자가 소리쳤다. 그들은 단체 손님용자리도 부족해 옆자리 의자까지 필요로 했다. 카페에 갖춰진유아용 의자는 걷지 못하는 아이에게 필요해 보였다. 그들은사소한 이야기를 끊임없이 해댔다. "남편이 승진하는 바람에돈 나갈 일이 더 많아졌다니까!" 그러면 누구 하나랄 것도 없이 맞장구를 쳤다.

아이들은 유모차에서 잠이 들거나 카페 안을 돌아다녔다. 간혹 아이들은 울며 자신의 어머니에게로 달려갔다. 곧 기저귀를갈아주자 아이는 울음을 그치고 생글생글 웃었다. 아이는 겨우 테이블 위를 올려다볼 정도로 작았다. 한 아이는 화가들이 쓸 법한 새빨간 빵모자를 쓰고 있었는데 무척 귀여웠다.

"도대체 이걸 무슨 맛으로 먹는 거지?" 커피는 먹을수록 쓴 맛이 났다. 나는 다니던 카페에 커피가 맛없다는 소문에도 공감하지 못했다. "믹스커피는 단맛이라도 있지, 돈을 주고 제 입에 양잿물을 들이붓는 셈이니 원." 시럽을 이용해 커피의 쓴맛을 잡아보려 했지만 소용없는 일이었다. 시럽을 넣고 다시 뚜껑을 닫자 기어이 손에 커피가 묻었다. "얼음을 조금만 넣어주면 좋을 텐데." 나는 며칠 전 새로 온 직원을 떠올렸다. 그때마다 나는 다른 카페를 떠올려보기도 했다. 다른 카페를 찾아볼 이유는 어디든 널려 있어, 나는 손만 뻗으면 생각을 바꿀 수도 있었다.

나는 카페의 책장에 꽂혀있는 책들을 모두 살펴보았고 흥미로워 보이는 책은 전부 읽은 상태였다. 양장본으로 진열된 세계문학 전집만이 빳빳한 새것으로 아직 나에게 흥미를 일으켰다. 나는 몇 권을 재미나게 읽었고, 지루한 탓에 덮었던 소설을 다시 펼쳐 천천히 읽기도 했다. "정말이지 사람들은 이것만 빼곤 전부 자기들 것으로 만들고 싶어 안달이라니까." 페이지를 살짝 접어 꽂아둔 책은 다른 책과 마찬가지로 새것처럼 느껴졌다.

"이거 완전히 예전 내 모습을 보는 것 같단 말이야!" 소설 속

인물들은 아무 의욕도 없이 밥만 축내는 사람들 같았다. 그들은 점심을 먹은 뒤 햇볕도 쬘 겸 무리를 지어 밖을 산책했다. 그들은 저녁이 되자 옷을 갈아입은 뒤, 1층으로 내려와 저녁 식사를 했다. "정말 이게 다란 말이야?" 나는 오히려 그런 것이 놀라울 따름이었다. 물론 그들은 책도 읽고 편지도 썼다. 하지만 결국 나는 한 권에 책 속에서 아무것도 아닌 일에 놀라 쓰러지는 여자들만 여럿 더 볼 수 있었을 뿐이었다.

"무슨 말을 하려는지 알 수가 있어야지." 나는 그런 불만을 여럿 해야만 하는 처지였다. 그 책을 읽지 않았던 나도 제목은 한 번쯤 들은 바가 있었다. 나는 아무런 감동도 느끼지 못한 것이 당혹스러웠다. "불이 나면 뛰어야지, 걷다가 죽을 생각인가?" 딸의 이름을 무척 크게 부른 여자는 절대 하지 말아야 할 행동을 지적하고 있었다. 그들은 격정의 순간에 다다르자 온몸을 내던질 각오로 상대방과 대화를 이어갔다. 하지만 모두 모여 식사를 하는 도중 자리에서 일어서는 것은 실례이기에, 나는 온갖 예우를 갖추어 화를 내는 그들의 모습만을 떠올릴 수 있을 뿐이었다.

인터넷에는 카페에 대한 평가가 짧게나마 적혀 있었다. 망고 빙수를 먹지 못한 손님은 직원이 일부러 주문을 받지 않은 것이 분명하다며, 별 다섯 개중 반개도 아깝다는 비난의 글을 적었다. 널리고 널린 것이 카페였다. 한적한 동네조차 백 미터를 채 가지 못하고 또 다른 카페를 볼 수 있었다. 어제 카페가 있던 자리에는 맞은편 빵집과 경쟁이라도 하듯 빵집 하나가 들어서고 있었다. 새 카페는 최신 유행에 따른 것이었다. 죽어가는 화분에 물을 주지는 않더라도, 사람들의 마음을 사로잡는 그림들이 벽을 장식하고 있을 참이었다. "내 엉덩이와 허리도 좀 쉴 수 있는 곳이 있지 않을까? 모퉁이를 돌기면 해도 나는 얼마든지 갈 만한 카페를 고를 수도 있을 텐데!"

들리는 노래는 칠판을 긁는 앵무새처럼 얄밉게 느껴졌다. "왜 내가 여태까지 눈치를 채지 못했을까?" 카페에는 노래들이 반복되어 틀어지고 있었다. 처음 듣는 노래조차 곧 권태로움을 유발했고, 나에게는 제목을 알고자 하는 욕망도 얼마 지나지 않아 더 일어나지 않았다. 나는 이어폰을 끼고 듣고 싶은 음악만 듣는데 더 익숙했다.

그녀와 처음 만났던 날, 함께 침대에 몸을 눕혔던 일을 최근에도 나는 자주 떠올리곤 했다. 그녀는 마른 몸을 드러내자 부끄러워했고, 나는 장작처럼 불타올랐다. 그녀는 자신의 작은 가슴이 좀 불만인 듯했다. 하지만 정작 나는 그녀를 못 볼 수도 있다는 두려움뿐이었다. 그때 나는, 술에 취한 그녀가 내 팔을 붙들었을 때, 그녀가 먼저 내게 키스를 한 후에도 모텔에 갈지를 고민하며 한동안 함께 거리를 헤맸다. "좋아했기 때문이지. 그건 내게 처음 있는 일이었고, 최초로 이해할 만한 일이기도 해." 나는 그녀를 생각하느라, 지루한 일들이 무척 즐겁게 느껴지곤 했다. 눈을 뜨자마자 모든 것은 내게 무의미한 것으로 느껴졌고, 가슴을 짓누르는 고통에 아무것도 손에 잡히지 않았던 날들의 기억도 나는 생생하게 떠올릴 수 있었다. "날 딱 두 번 보고 안 볼 줄 알았다면 운동도 하지 않았을 텐데."

그녀는 한 번 더 나를 만나기 위해 이 카페로 오고 있었던 것이다. "어휴 쪽팔려, 여기라면 좀 나을 줄 알았지." 나는 그녀를 앞에 둔 채 말하는 법을 잊어버렸다. 나는 그녀 앞에서 한없이 작았던 자신을 머릿속에서 지울 수 없어 괴로울 뿐이었다. "어떻게 하면 잊을 수 있을까? 그때 생각만 하면 책 읽는 일도 어렵단 말이지." 나는, 그녀가 수압이 약하다며, 옆방에서도 우리처럼 샤워를 하고 있다고 말하며 즐거워하던 모습을 자꾸만 떠올리는 것이었다. 나는 그녀의 손을 꼭 잡았던 것이지만, 그녀가 내게 "계속 손만 잡고 있을 거야?"라고 말했던 것도 떠올랐다. "난 정말 걔가 날 혐오스럽게 생각할 줄은 꿈에도 몰랐다니까? 지금에서야 아주 조금 이해할 수 있을 뿐이지."


혼자였던 내게, 최근 카페 직원 중 하나가 말을 걸기도 했다. "요새는 평일에도 자주 오시네요?"

"네, 회사를 그만둬서요."

"정말요? 쉽지 않은 일인데! 멋있어요!"

"잘린 건 아니고 그냥 제가 나온 거예요."

나는 그녀가 의외에 말을 한 것에 조금 놀랐고, 우쭐한 마음이 좀 들었던 것이다. 한두 번 양복을 입고 나타났던 게 적잖이 신입사원 태를 냈던 모양이었다.

"미용실 다녀오셨나 봐요?" 그 이후에도 그녀는 내게 먼저 말을 걸었다.

"네?"

"카페에 자주 오시는 손님이시잖아요. 그래서 금방 알아본 거예요."

그녀의 미소에 나는 무표정으로 딱 잘라 대답할 뿐이었다. 내 머릿속에는 빨리 책을 읽고 싶다는 생각뿐이었다.

"도대체 저 여자는 나한테 왜 말을 걸지? 일이 그렇게 지루한가? 일은 당연히 지루한 거잖아? 마땅히 그래야 하기도 하고. 좀 더 에너지를 아끼지 못할망정. 손님이 미어터져야 저런 소릴 안 할 거야?" 나는 자리로 돌아와 그렇게 생각하고 말았던 것이다.

카페에 오는 사람들은 커플을 제외하면 여자들의 수가 더 많았다. 그녀들은 온통 책을 펴뒀지만, 저녁 내내 수다를 떨 모양이었다. "세상에, 저렇게 온통 치장을 해대고, 이 시끄러운 곳에서 정말 공부를 할 수 있는 건가? 나도 예전에 여기서 공부를 하기도 했지. 하지만 그건 정말 내가 원하는 게 아니었단 말이야. 나중에서야 그게 얼마나 멍청한 짓이었는지 알게 된다는 게 문제지. 어라? 그러면 뭐 해? 지금 나랑 저 여자는 별다를 게 없어 보이는데."

"저 여자는 정말 내 스타일인데." 그녀들의 모습은, 내가 하나의 카페만을 가는 이유를 설명해줄 수는 없었지만, 카페에서 책을 읽어야만 하는 이유에 봉착했음을 느끼게 해주기도 했다. 나는 그녀들에게서 간혹 즐거움을 느끼며, 그녀들이 오직 시간 낭비만을 하거나 관심을 받기 위해 이곳에 온다고 여겼다.

"책을 볼 수 없을 정도로 내 시선을 사로잡는 여자가 있다면 그녀는 정말 천사일 거야." 나는 아무도 들을 수 없을 소리로 중얼거렸다. 시끄럽게 떠드는 여자들의 웃음소리는 접시를 깨고도 남을 진동으로 내 고막을 쳐댔다. 마치 방금 귀를 파낸 것처럼 나는 그녀들의 대화도 들을 수 있었다.

"어떻게 그 자리에 나올 생각을 할 수 있어? 내가 그 정도밖에 안 돼?" 그녀들 중 하나는 소개받은 남자의 모습이 무엇 하나 촌스럽지 않은 것이 없음을 말하고 있었다. 그러면 다른 세 명은 손뼉을 치거나 테이블을 두드렸고, 접시는 땅에 떨어질 듯 위태로웠다. 남자친구와의 잠자리가 실망스러웠음은 곧 여러 명이 가질 비밀이 되었다. 외모에 대한 끊임없는 관심은 내게 전혀 흥미롭지 않았다. "아름다움이란 저런 여자들에게는 역시나 어울리지 않지. 저 무거운 엉덩이를 빨리 좀 떼 주면 좋을 텐데." 엿들었던 대화가 잊힐 때쯤, 그녀들은 포크 하나까지 남겨둔 채 자리를 떠났고 흔적은 한동안 그대로 남아 있었다.

카페 손님들에 대한 생각은 혼자만 느끼는 하찮은 감정에 불과했다. 나는 옆자리가 비었음에도, 앉을 자리를 살피다 다른 자리에 앉는 여자들에 대한 것이 결코 자격지심은 아니라고 생각했다. "그렇다고 완전 아니라고 말하진 못하겠네." 나는 또 중얼거렸다. 자리가 많음에도 굳이 옆자리에 앉는 여자에게 쓸데없는 생각을 하기도 했지만, 나는 하나의 섬처럼 존재하며 책 읽는 일에만 몰두했다.

나는 혼자였다. 카페 입구는 정오의 따스한 햇볕으로 뒤덮여 있었다. 나는 조금 잠이 쏟아졌다. 나는 잠을 쫓아내기 위해 뺨을 때리거나 허벅지를 꼬집기도 했다. 그러다 문득 정신이 들었다. "누가 대신 읽어주는 것도 아니잖아? 게다가 내 기분은 분명 어제보다 더 나은 것이지. 내게는 여기가 가장 편한 곳이라는 생각도 들어."

주변을 둘러보니 구석진 곳에 나란히 앉은 남녀가 즐거워하고 있었다. 그들은 달라붙어 떨어질 줄을 몰랐다. 남자가 군인이기에 휴가를 나온 것으로는 보이지 않았다. "저 마음이 바뀌지 않는 것이라면 얼마나 좋을까?" 나는 그들이 얼굴을 붉히며 싸우고도 곧 섹스를 하는 상상을 했다.

넓은 테이블에 양복을 입은 두 사람은 서류를 펼쳐 놓은 채 대화를 나누고 있었다. 그들은 좀처럼 커피에는 손도 대지 않았다. 한 사람이 몸을 앞쪽으로 기울인 채 손짓까지 이용해 이야기했다. 다른 사람은 서류를 훑어보며 고개를 숙이고 있었다. 그들은 거래처 사람들로 보였다. "내가 메고 다녔던 넥타이가 무척 흔한 것이었군." 나는 설득을 위한 장소로 조용한 카페는 매우 적절한 것이라 생각했다.

가끔 나처럼 책을 보는 사람도 눈에 띄었다. 저녁이었다면 나는 그들을 도통 알아보기 힘들었을 것이다. 이른 오전 시간, 나는 구석진 자리에서 책을 보는 사람, 밝은 빛이 들어오는 입구 쪽 테이블에 자리를 잡은 채 혼자 책을 보는 사람들을 볼 수 있었다. 하지만 결코 그들은 카페에 오래 머무는 법이 없었다.

책은 이제 도서관에서 마음에 드는 것을 빌리기 시작했다. "와, 책이 이렇게나 많은데 도대체 난 그동안 뭘 한 거지?" 나는 처음에 그곳을 크게 둘러 돌아다녀 보기도 했다. 책장의 높은 키는 내 인식의 욕구가 그토록 오르고 싶어 하는 높은 산이었다. 나는 그 높은 산을 끝까지 오르고 싶었다. "내게는 척박한 산을 오를 강건한 힘이 필요해." 책장 위에는 틈틈이 먼지가 만년설처럼 드러나 있었다. 그곳은 숨조차 얼어버릴 추위와 높은 고도를 가진 정상처럼 무척 고요했다. "내가 이렇게 자주 도서관에 오게 될 줄이야." 나는 산맥처럼 이어진 책장을 따라 책을 손에 넣었다. 책은 한 번에 총 다섯 권을 빌릴 수 있었다. 나는 꼭 다섯 권을 빌려 가방에 쑤셔 넣었다.

아직 잦아들지 않은 대낮에 열기에 내 발은 불이 난 듯했다. 나는 카페에 도착해 서둘러 책을 읽기 시작했다. "아니야, 빠르다고 좋은 게 아니지." 나는 다시 천천히 문장을 곱씹어 보기도 했다. 그러다 나는 좀 전에 카페 직원의 태도가 떠올랐다. 그녀는 무표정한 가면을 쓴 사람 같았다. "그래서 나보고 어쩌라는 거지? 아무리 생각해도 미안한 마음이 들지 않아." 나는 망고 빙수에는 관심이 없었고 직원의 불친절에도 관심이 없었다. 나는 매번 같은 커피만을 주문하면 아무 요구도 할 필요가 없었다.

지하철역에서 가깝고 익숙하다는 장점을 빼고도, 나는 새로운 변화가 언제든 일어날 수 있다는 사실을 아직 좋아하지 않는 듯했다. "언제든 다른 카페에 갈 수도 있지만, 딱히 그래야 할 이유가 없는걸. 나는 책을 보기 위해서 여기에 오는 것뿐이야. 내가 그토록 카페 안 풍경이나 다른 사람들을 쳐다봤던 이유도 그것 때문이었던 거지. 책을 보는 이유만으론 부족한 걸까? 나는 이곳에 오지 않을 이유를 찾아서라도 나 자신을 한심하게 생각하고 싶은 걸까? 조금 더 거창한 이유가 있어야 나는 책을 볼 수 있는 것일까? 계속해서 생각해보자, 그럼 아마 만족할 이유도 떠오를 테니까."

나는 좋은 생각이 날 때마다 그것을 그대로 적었다. 작은 노트북은 내 누이가 쓰던 것이었다. 내가 쓰는 것은 항상 후진 것이었다. 최근에도 나는 허름한 옷만 입었다. 나는 항상 같은 바지에 같은 신발만 신었다. 나는 나 자신이 뻔뻔해진 것으로 생각했다. "이젠 부끄럽다기보다 나도 모르게 웃음이 난단 말이야. 그건 정말이지 즐거운 일이기도 하고, 내게는 특별한 경험이기도 해."

나는 그 많은 이유를 떠올리지 않기 위해서라도 끊임없이 책을 읽었다. 나는 책을 보며 행복한 감정에 젖어 들었다. 나는 오히려 혼자가 되길 원했고, 책을 보거나 글을 쓰는 일은 누군가를 앞에 두고 할 수 있는 일은 아닌 것으로 보였다. "누군가 내 앞에 있었다면 나는 오직 그 사람에게 몰입했을 거야. 외로움과 고독은 분명 다른 감정이라고 생각해. 이것은 내게 큰 위로이자 괴로움이야." "책은 보면 볼수록 빠져들게 해. 책은 내 인생을 바꿀만한 힘도 가지고 있는 거야. 그건 내게 생각을 하도록 만들어 변화시킬 힘을 줘. 나는 아무것도 생각할 수 없었던 시간을 보상받진 못하지만, 내가 앞으로 계속해서 책을 보고 싶다는 생각은 변함이 없을 거야."

나는 다음 날도 그렇게 했고, 저녁이 되면 어김없이 집으로 돌아갔다.

3

먼저 핸드폰을 이용해 책의 대출 여부를 확인했다. "좋아, 그 자리에 고대로만 있어 달라고!" 그런데도 나는 빠른 걸음으로 언덕을 올랐다. 도서관 계단에서는 거의 뛰다시피 했다. "어휴! 가방이 뭐 이렇게 무거워! 게다가 여긴 화장실이 아니라고!" 가쁜 숨을 고르며 열람실 안으로 들어선 후 나는 주변을 둘러보았다. 대낮임에도 많은 사람이 자리를 꿰차고 있었다. 그들은 대부분 진지한 표정으로 책을 보고 있었다. "무슨 대단한 거 보신다고들." 몇 사람은 왠지 서로 웃고 떠들고 있는 표정을 짓기도 했다. 한 소녀가 쌓아둔 책 옆에서 펼쳐둔 책에 머리를 박고 엎드려 있었다. 다른 사람들은 모두 책에 집중하고 있었는데, 중년으로 보이는 사람이 대부분이었다. 추운 날씨에 비해 그곳은 무척 따뜻해 겉옷을 곧 벗어야 할 정도였다. 나는 뿌연 안경만 대충 손가락으로 후빈 뒤 곧장 책을 찾기 시작했다.

종이에 옮겨 적어둔 일련번호를 따라 책장 사이를 오갔다. 그 와중에도 나는 머릿속으로 빌릴 책들의 주요 순서를 정했다. "누가 내 책을 손에 들고 있는 꼴을 보느니 이편이 낫지."

나는 그곳에 책이 전부 내 것이라도 되는 양 생각했지만, 발등에 불똥이 튄 듯 그곳을 돌아다녀야만 했다.

책장 옆면에는 서양철학과 동양철학, 프랑스소설, 고전소설 등의 글씨가 큼지막한 크기로 적혀 있었다. 바로 밑에는 일련번호의 앞부분 세 자리도 적혀 있었다. 그다음은 숫자와 글자, 자음이 뒤섞인 일련번호를 따라 내가 구할 책을 찾기 시작했다. 처음보다 그것은 어렵지 않았다. "이 책도 여기 있잖아? 나중엔 이것도 한 번 봐야겠다." 찾는 소설가의 책이 대부분 한곳에 모여 있어 나는 만족했다. "이유가 명확하진 않지만 나는 이 소설가가 마음에 든단 말이야. 사람들이 하나같이 그를 잘생겼다고 칭찬하는 건 마음에 들지 않지만 말이지. 하긴, 여자들도 뭐 다를 게 있다고. 갑자기 화가 나네? 이런 놈이 뭐가 좋다고! 기생오라비처럼 생겼잖아! 그나저나, 이걸 다 보려면 시간이 꽤 걸리겠는걸?" 최근 나는 인문학책에도 관심이 있었다.

여러 권 빌린 소설은 매번 한 권씩만 읽을 수 있었다. "뭐야, 이 책은 생각보다 재미가 없는데." 그러면 나는 겉핥기식으로라도 끝까지 그 소설을 읽고자 했다. 며칠은 끙끙대며 눈으로 글자만 읽느라 시간이 더 걸렸다. 결국 버티지 못하고 한쪽에 던져놓은 책들은 내 마음을 불편하게 만들었다. "젠장! 그건 어쩔 수 없다고!" 나는 책을 쓴 사람에게 잘못이 있다고 생각했다.

내가 격하게 공감한 책도 꽤 있었다. "그건 당연한 일이야!

어떻게 다른 사람이 내 인생에 관여할 수 있겠어?" 나는 그 책을 나중에 한 번 더 볼 수 있는 좋은 책이라고 생각했다. "내 인생은 대부분 의무의 반복일 뿐이었지만, 내게는 불안감만 가져다줬잖아!" "온통 알 수 있는 일뿐이라면 내가 그것을 어떻게 버틸 수 있었을까?" 나는 그 책이 쓰임에 있어 영향을 주었다는 책도 알게 됐다. "항상 무엇이라도 얻었다고 생각하는 건 좋은 습관이야. 물론 그렇게라도 하지 않았다면 나는 정말 죽었을 거야."

나는 심리학책을 읽다 말고 곧 일찍이 성공을 거둔 소설가의 에세이를 탐독했다. 언제나 그렇듯 다 읽고 나자 생각나는 건 별로 없었다. "인간은 거대한 폭포에 비해 얼마나 작은 존재지? 나는 누구 키가 더 큰지 재보는 인간들밖에 본 적이 없는데." 그렇게 생각한 나는 갑자기 인터넷을 통해 보았던 한 일화가 떠올랐다.

지구를 떠난 위성의 카메라를 다시 지구로 돌려보자는 의견을 내놓자, 모든 이들은 그 위험성에 반기를 들었다. 카메라 렌즈가 망가질 수도 있었기 때문이다. 고집은 결정적인 역할을 했는데, 그것은 유일한 초록별에 단 하나의 의미만을 가져다주었다. "이건 전혀 다른 말이지만, 내게는 돌고 돌아 결국 하나로밖에 들리지 않아. 난 그걸 일찍이 내 방식대로 알고 있었던 거지." "난 해외여행을 나가지 않아도 괜찮고, 비싼 시계를 차고 싶지도 않아. 책으로 알게 된다 해도 이건 정말 썩 괜찮은 생각이야."

나는 철학자가 쓴 책 중 가장 많이 팔린 책을 먼저 읽었다. "도대체 이 책은 소설이야 산문이야?" 나는 그 책을 엎드려 읽고 누워서도 읽었다. "중요한 것은 새로운 요구가 날 기쁘게 만든다는 사실이지. 이건 나중에 꼭 다시 읽고 말 테다." 나는 그의 사상을 탐구한 책을 찾아 도서관을 샅샅이 뒤졌다. "이것들부터 보는 게 좋겠다. 내게는 더 쉬우니까." 나는 모조리 빠짐없이 읽으려 노력했다. 철학자의 일관된 태도, 변명하지 않음은 내 마음을 끌었던 이유 중 하나였다. "주변 사람들이 얼마나 싫어했을지 알 만도 하네." 나는 복사기 하나 제대로 다룰줄 몰랐지만, 책을 읽는 속도와 리듬감은 내가 가진 유일한 재주로 느껴졌다. "이 책은 좀처럼 빨리 읽을 수가 없단 말이지." 책을 읽다 멈추는 일도 잦았다. "책 읽는 속도는 바닥을 기는 비둘기처럼 느릿한 것이지만, 내가 이 책을 알게 된 건 정말 다행스러운 일이야."

여자와 마주 앉은 중요한 순간, 그가 치질 때문에 10분마다 자세를 바꿔야 했다는 것도 내 관심거리였다. 그의 저작, 그가 종이 귀퉁이에 적었다는 문장까지도 내겐 중요한 것이었다. "책을 쓴 사람과 그 책이 관련이 없다는 건 어불성설이지, 책은 자신의 삶을 바꿔보고자 하는 사람만 읽어야 하는 거잖아? 삶을 통해 풀어낸 사상은 정확하지 않지만 분명 더 친절해. 그의 책이 불친절해 보이는 이유는 문체 때문이고, 내가 오해하지 말아야 할 것은 그가 다른 사람들을 너무나 사랑했다는 사실이야!"

철학자가 쓴 책은 같은 크기로 책장의 한 칸을 모두 차지하고 있었다. 그의 삶과 사상을 담은 개설서를 포함해, 나의 관심을 끈 책은 각자 다른 크기로 책장 하나를 독차지할 만큼 많이 있었다.

나는 그와 관련된 서적을 다른 책장에서 더 찾아보려 애쓰기도 했다. "책 제목에 철학자 이름이 없으면 찾기가 곤란하다고! 나랑 장난치자는 건가?" 그의 사상으로 풀어낸 100년, 상처를 치유하는 힘은 철학이 곧 삶에 직관적이라는 사실을 대변했다. "보물찾기보다 더 어렵진 않을 테지, 난 언제든 이러한 책들을 알길 원하고 후회하지 않아." "맨홀 뚜껑만 한 구멍 아래에는 지상보다 더 넓은 공간이 존재하고 있었던 거야. 나도 어릴 적 아파트 뒤편에 있던 구덩이 아래에 끊임없이 모래를 집어넣은 적이 있단 말이지, 거기에 내 친구가 빠져 죽을 위기만 없었다면, 난 아마 그 구멍을 메울 수 있을 때까지 모래를 손이며 장난감으로 계속 집어넣었을 거야. 어머니가 내 걱정을 얼마나 많이 했던지, 하지만 난 그 뒤에도 계속 그곳에 갔잖아?"

다행히 책의 맨 뒷장에는 글쓴이가 참고서적을 적어둔 페이지가 있었다. 문장 사이사이에는 주석이 달려 있었고, 그것은 결코 행동으로 옮기지 않고는 견딜 수 없도록 만드는 힘, 나는 글쓴이가 참고하라며 알려준 책도 적어두었다가 모두 읽었다.

커피 자국과 필기의 흔적은 마치 고속도로 위 휴게소처럼 느껴졌다. "나도 그랬던 적이 있었지, 싸지 않고서야 먹는 건 건강하지 못하니까. 물론 나 혼자만 보는 게 아니니까, 빌린 책은 항상 깨끗하게 보는 게 중요해." 책의 겉표지는 대부분 낡은 것이었다. 햇빛과 책장의 거리가 한두 걸음 더 멀어져 있다고 한들, 책은 누렇게 바래진 것이 대부분이었다. "사람도 결국 망가지는 법이잖아?" 나는 최근 보았던 영화에 대사가 떠올라 소리쳤다. "드라마나 영화라는 것은 먼저 책을 보고 영감을 받은 것이 분명해, 그렇지 않고서야, 내가 보지도 않던 드라마를 보면서 우는 일이 가능한 일인가?"

먼지가 쌓인 책도, 그늘진 곳에 책도 사정은 마찬가지였다. 책은 나와 나이가 비슷했다. 책은 목차와 상관없이 서너 개로 쪼개져 있었고 지저분한 테이프로 감겨있었다. "대여 중도 아닌데 아무리 찾아도 없는 책은 누군가의 무책임 때문이지." 보고 싶은 책이 도서관에 전부 있는 것은 아니었다. "신청을 해봐야 그 책을 어디서 구하겠어." 도서관은 조용했고, 나는 빌리고자 했던 책 대신 다른 책을 빌리느라 조금 더 시간을 보냈다.

"여기 사람들도 자기 할 일 하기 바쁠 테고, 인기 있는 책들 가져다 놓기도 벅찰 거야." 나는 무인 대출 기계에 책을 올려놓았다. "페이지만 온전히 붙어 있기만 하면 돼. 그건 아무 상관 없어. 돈이 들지 않는다는 건 정말 내게 큰 장점이니까."

내게 그는 수천 년 역사가 주축인 건축물을 무너뜨린 인물로 보였다. "그것 또한 철학자가 미친 영향 때문이야!" 실제로 그는 모든 가치를 전도시킨 인물이었다. 그가 죽은 뒤에나 그의 사상은 엄청난 관심의 대상이 되었다. 그의 말이 맞았던 것이다. "내가 이 사람을 어떻게 알게 되었더라? 어쨌든 나한테 고전이라는 말은 그 작가가 이미 죽어버렸단 소리로 들릴 뿐이야." 소수만이 그의 영향을 받았다. 영향을 받은 이들도 자신만의 독특한 생각을 여러 분야에서 펼쳤고, 그것은 책으로도 또 한 책장을 넘어서 있었다. 그들도 마찬가지로 내 관심 목록에 이름을 올리게 되었다.

"어릴 때 목욕탕에 있는 온탕은 정말 가마솥처럼 뜨거웠지, 그 이후엔 목욕탕 가는 게 얼마나 싫었는지 몰라. 목욕탕에서 물장난을 치는 것은 즐거웠지만, 아버지가 내 팔을 타월로 미는 건 정말 지옥 같았다니까!" "그 이후에 난 뭘 하며 보낸 거지? 내 꿈은 차가운 얼음물 속에 잠겨 가끔 눈만 내밀 뿐이었고, 나는 무슨 하늘에 떠 있는 듯 그걸 붙잡지도 못했잖아." "난 이처럼 뜨거운 걸 여태까지 만져본 적이 없어. 나는 책을 본 적도 없는 사람이었는데, 내가 봐도 난 미친 게 분명해."

책은 두께와 상관없이 대여 기간을 얼마든지 늘려도 상관이 없었다. "하지만 나는 그들과 다르단 말이지." 나는 그 책이 없어져도, 얼마 지나지 않아 아무도 신경 쓰지 않을 것이란 생각도 드는 것이었다. "결국 무슨 일이든 그건 나한테 좋은 것이지. 덕분에 나는 허탕 치는 일도 없잖아?"

나는 도저히 질리지도, 지치는 법도 모른 채 책을 읽었다. "책을 읽을 때만큼은 정말 세상이 다 내 것만 같아. 이런 기분으로 하루를 온종일 살아낼 수 있다면, 고통스러운 세상 따위 얼마든지 살아낼 수도 있을 텐데." 나는 곧 좋은 생각이 떠올랐고, 그것을 동시에 적고 있었다.

"난 죽고 싶다는 생각을 해본 적이 없어!" 나는 그 소설이 낡은 사상을 지녔다고 생각했다. 그 소설의 번역은 아직도 논쟁이 진행 중이었다. "그건 본질인 관념은 아니야, 누가 뭐래도 나는 진짜야. 물론 죽고 싶다는 게 그저 사춘기의 감정만은 아니니까. 하지만 나는 여태까지 다른 생각만 해 왔는걸."

내가 모든 사상의 흐름을 파악한 것은 아니었다. 내가 읽던 책은 여전히 엎어진 상태였다. "나는 그걸 대학교 때 아주 잠시나마 느껴본 적이 있었어. 나는 온종일 집중이라곤 게임을 할 때밖에 없는 인간이었지. 게임마저도 나는 알아서 하도록 내버려 두었을 정도였다니까." 나는 그때의 감정을 느껴보기 위해,

잠시 아무것도 하지 않은 채 천장을 바라보고 있었다.

"내가 그때 얼마나 열심히 살았는지는, 내가 거쳐 온 삶을 봐서라도 지당한 생각이지. 근데 앞으로 어떻게 해야 할지가 막막해서, 나는 학교에서 돌아와 가방만 던져놓고 침대 위에 그대로 한참 누워있었다니까? '난 앞으로 어떻게 살아야 하지? 도대체 이게 뭐지? 아까만 해도 난 게임 생각뿐이었는데, 도저히 몸을 움직일 수도 없을 정도인걸.' 난 정말 이 생각을 왜 하게 된 것인지부터 생각하느라 괴로워 미칠 지경이었어." 나는 갑자기 생각에 빠지는 시간이 하루에 얼마나 되는지가 궁금했다. 그 시간이라면 조금이라도 더 책을 읽을 수 있을 터였다. "내가 그렇게 침대에 나자빠져 시간을 보낸 건 10분 정도였을 거야. 정말 그게 다야! 사춘기까지 합쳐봐야 15분? 난 그 이후 또다시 게임을 하고 똑같이 살았던 거야! 이걸 누구한테 믿게 하지? 진짠데." 나는 이것을 대충 적어놓은 뒤, 다시 좋아하는 책에 몰입했다.

나는 오히려 베스트셀러라면 마음 놓고 볼 수 있었다. "잘 팔리는 책에는 다 이유가 있었군. 될 법도 아닌 말을 이렇게 뻔뻔하게 적어놓다니! 물론 그건 맞는 말이지만, 사람은 그렇게 쉽게 바뀌지 않는 법이거든." 사람들은 빌린 책을 몇 주 동안 가방 안에 방치하는 듯 보였다. "유명한 책에도 분명 배울 점은 있어. 죽을 때까지 유명세와 돈을 탐한 정치인에게도 내가 닮고 싶은 점을 찾을 수 있을 것만 같거든. 내가 나쁘다고 여겼던 것이 언제부터 내게 봐줄 만한 것이 된 거지? 그건 대체 알 수가 없어."

해는 건물 뒤로 넘어간 듯했다. 급하게 오르내렸던 언덕은 온통 빙판이었고, 나는 어느 계단이든 천천히 오르내렸다. 나는 아무 책도 빌리지 않은 채 다시 카페로 향하고 있었다. "나는 최대한 많이 얻고자 유명한 책도 읽었지만, 내게 좋은 책이 무엇인지 찾아가고 있었던 거야." 골목에 부는 바람에 온몸은 찢어질 듯했다. "아직 따뜻해지려면 한참이겠군." 나는 주먹을 꽉 쥐고 온몸에 잔뜩 힘을 주어 걸었다. "머리는 얼마를 맞든지 도무지 단련이 안 되는 부위인가 봐." 내 양쪽 귀는 정말 떨어져 나간 듯했다. 입에서는 연신 다닥다닥 소리가 났다. 골목에는 추위 때문인지 사람이 없었고, 늘어선 건물들은 손으로만 두드려도 곧 부서질 듯했다. "도대체 저 나무는 추위를 알까? 난 어릴 적 나무를 둘러싼 볏짚이 도움이 되리란 생각을 해본 적도 없는걸. 저기 온종일 서 있어야 한다면, 그건 정말 죽어서야 가능할 일이 될 거야." 나무들은 한겨울 나무꾼에겐 손색없는 장작으로 보였다. 세찬 바람에도 아무 말이 없는 그것들은 이제 골목 곳곳에서만 볼 수 있었고, 지게에 싣기 좋은 모양새로 땅으로부터 기울어져 있었다.

"벚꽃이 아름다운 이유는 순간적이기 때문이야. 빠르고 자극적인 것만 찾는 것은 내게 불편한 감정만 불러일으킬 뿐이지."
십여 분을 걸었음에도 이미 발에 감각은 무뎌진 상태였다. "이런 생각을 하는 건 백번 옳지만, 나는 정말 돈이 안 될 생각만 하는군." 나는 곧 카페 앞에 다다랐다.

카페 입구 벽은 전부 유리여서 밖에서도 안을 볼 수 있었다. 카페는 입구에서도 안쪽까지 한눈에 볼 수 있는 일자 형태의 폭넓은 구조였다. 카페 안에는 기다란 원뿔 모양의 틀에 담긴 가스난로가 있었다. 불은 사람 팔 하나 길이만큼 솟아올라 있었다. 그것은 전부 합쳐 사람 키만큼 높았다. 불은 일정한 크기로 간혹 흔들렸고, 그 뒤로 보이는 것들도 마찬가지였다.

"도무지 익숙해지지 않는걸. 하지만 다른 곳에 가도 돈이 드는 건 마찬가지잖아." 나는 밖에서 잠시 서성였다. 얇은 옷을 여러 겹 껴입는 것을 대신으로, 혹독한 추위에 맞서 올겨울도 나는 새 옷을 사지 않고 버틸 수 있으리라 생각했다. "어차피 난 하나밖에 모르고 살았으니까. 그게 남들에겐 좀 별로라고 생각될 수도 있지." 나는 추위를 잊고자 더욱 쓸모없는 말을 내뱉었다. 테라스에 놓인 철제 의자와 테이블은 얼어붙어 서리가 맺혀 있었다. "어차피 들어갈 거잖아." 나는 조금 더 망설인 뒤 카페 안으로 들어갔다.

안으로 들어가자 몸은 따뜻한 열기에 금방이라도 녹을 듯했다. 나는 언제든 앉았던 자리보다 더 안쪽에 자리 잡았다. "가진 돈도 곧 바닥이 날 테고, 난 또 집에 손을 벌려야 할 처지니까. 어차피 좋은 옷 같은 건 내게 사치일 뿐이야." 나는 가방 안에 넣어두었던 책을 읽었다. 그것은 흥미가 있었지만, 재미가 없는 책으로, 반납하려던 책을 그냥 가져온 터였다. "어차피 이거 말고는 할 것도 없잖아." 책을 읽자 내 몸은 더 따뜻해졌고, 나는 썼던 글을 조금 다듬어보거나 하릴없이 핸드폰을 들여다보기도 했다.

잠시 뒤 인기척을 느낀 나는 고개를 들었다. 등받이가 없는 자리 끝, 내 맞은편 자리에 노인 하나가 앉아 있었다. 나는 그 사람을 본 적도 없으면서 마치 익숙한 사람처럼 느꼈다. 옷이 파란색이었기 때문이었다. 남자는 머리가 희끗희끗하고 얼굴엔 주름과 피곤이 가득했다. 나는 그 사람의 눈빛도 오가며 여러 차례 마주한 적이 있다고 생각했다. 그는 뒤로 기대느라, 가짜 화단에 머리를 파묻은 그는 한동안 꿈쩍도 하지 않았다. "팔이 그대로 얼어붙은 거 같은데?" 나는 양팔로 몸을 감싸고 있던 그가 잠시 뒤 늘어져 조금 편안한 자세가 되어 있는 것을 볼 수 있었다.

"제가 분명히 나가라고 말씀드렸잖아요?" 남자 직원이 처음엔 그에게 조용히 귀띔하고는 카운터로 돌아갔다. 하지만 노인은 계속 눈을 감고 있었다.

"죽었나? 저 사람은 어쩌다 저런 지경이 된 거지? 괜히 건드렸다가 난동이라도 피울 기세로 누워 있잖아! 그럼 책을 읽는데 방해가 되겠군." 내가 중얼거렸다. 나는 굳이 그쪽을 쳐다보려고 하지도 않은 채, 아까보다 그 책에 조금 흥미를 느끼고 있는 상태였다.

"당장 나가라고!"

남자 직원이 소리치며 노인의 멱살을 잡았다. 카페 안에는 우리 셋뿐이었다. 노인은 카페 안쪽부터 입구까지 직원의 거친 손에 끌려가며, 저항의 몸짓은 턱없이 부족해 보였다. 찢어질 듯 잡아당기는 옷 때문에 그의 몸이 이리저리 휘청거렸다. 그가 혀를 깨문 듯 이상한 소릴 내는 것까지 나는 모두 들을 수 있었다. 그는 입구에서 거의 고꾸라질 듯 밀려나 바깥으로 내쫓겼다.

겨울에는 밖에 나가도 앉아 있을 곳 하나 없지만, 노숙자들은 여름 내내 빗물과 오물이 섞여 눌어붙은 바닥을 쓸고 다니며 가장 더러운 곳에 앉아 있었다. 옆에 늘어선 오물통에는 음식쓰레기가 가득했다. 그곳의 냄새는 끔찍했지만 별다른 수가 없어 보였다. 날씨는 매년 최고 기온을 갱신했고, 간혹 나는 아지랑이가 피어난 경찰차를 먼저 보곤 했다. 경찰들은 쓰러진 노숙자를 끌고 그늘진 곳으로 갔다. 두 다리가 질질 끌려가는 것이 혹 정말 시체를 다루듯 했다. 노숙자는 머리와 턱수염이 덥수룩했고 피부는 까맸다. 입은 벌어진 채 수염에는 허연 침이 말라붙어 있었다. 바지춤이 완전히 풀어져 있었지만, 누구하나 신경 쓸 겨를이 없었다. 나는 그러한 광경에 여전히 익숙지 못해 눈을 돌리기 일쑤였다.

나는 한동안 책을 읽지 못했다. 나는 괜히 지갑에 불필요한 영수증을 정리하다, 화단에 머리를 처박고 편하게 누워있었다. "내가 저 사람에게 무슨 도움이 될 수 있겠어? 저 사람이 도움을 받으며 온전히 고마움을 느끼는지 내가 어떻게 알지?" 나는 카페에 들어온 할머니에게 동전 몇 개를 쥐여주었던 일이 떠올랐다. "다시 뛰쳐나가서 동전을 쥐여주면 뭐 해? 고맙다는 말도 듣기 싫어서 자리로 돌아왔고, 난 결국 그 일을 후회했잖아? 도저히 모르겠어. 그 적은 돈을 준다 한들 배고픔이 사라질까? 여태까지 내가 누군갈 도왔다면 그건 내 이기심 때문이었을 뿐이야." 나는 끝내 집중을 하지 못했고, 결국 자기 자랑이나 해대는 책을 덮어버리고 말았다.

그 후 나는 도서관에 가지 않았다. 내가 도서관에 있는 책을 모조리 읽는 초능력을 발휘한 것은 아니었다. "여기 더 오지 않을 필요는 없지만, 보고 싶은 책이 없다는 건 정말 곤란해. 나는 지금 당장 이 철학자에 관한 책이라면 모조리 봐야만 속이 좀 가라앉겠어. 나중에 보고 싶은 책을 빌릴 수 있다면야 또 올 수 있겠지."

얼마 전 카페 주변에는 중고서점이 새로 생긴 터였다. "그러고 보면 난 꽤 운이 좋은걸?" 그 철학자의 책, 그를 닮은 책들도 그곳에 있었다. 같은 책이 두 권이라면, 나는 좀 더 깨끗한 책을 고를 수도 있었다. "물론 여긴 중고서점이니까 다 있진 않겠지. 그건 도서관에 책이 있는데 굳이 사냐는 질문이나 마찬가지야. 내가 원하는 책이 모두 있는 곳은 이 세상 어디에도 없지. 나는 보고 싶은 책을 사야 하는 경우도 있고, 빌려봐야 하는 경우도 있어. 책을 모두 살 필요도 없는 것이고, 빌려만 볼 수도 없는 노릇이야. 뭐 하나 내 맘대로 되는 꼴을 본 적이 없지만, 나는 그 사소한 것부터 천천히 알아 가면 돼." 나는 원가보다는 절반, 3분의 1 가격으로 원하는 책 몇 권을 살 수 있었다.

내 책상과 책장은 하나처럼 붙어 있었고, 전공 서적과 영어 공부에 썼던 책들은 정리가 덜 된 상태였다. 작년에 썼던 책은 새것 못지않았지만, 이제는 마치 오래된 벽처럼 그곳에 틀어박혀 있었다. 나는 사들인 책 몇 권을 책장 한 곳에 꽂았더랬다. "여길 다 채우면 얼마나 좋을까?" 나는 그 어떤 것도 부럽지 않은 듯했다. "오늘은 거의 책을 보지 못했잖아." 나는 곧 책을 폈고 그것을 작게나마 읽어보려 했다.

"성현아, 밥 먹었니?"

아버지가 문을 쾅쾅 두드리며 물었다.

"이따가 먹을게요."

나는 그게 불만이었다. "도대체 안 하던 짓은 왜 자꾸 하는 거야?" 아버지는 이상하리 만큼 태도가 변해 있었다. "나랑 말다툼을 벌인 이후가 분명하지만, 내가 그 여부를 어찌 알겠어?" 가끔은 내가 아닌, 아버지는 가족들에게 심한 짜증을 부리기도 했다. "도대체 저런 사람이랑 어떻게 결혼을 한 거야? 코만 조금 더 높았더라면 결혼을 하지 않았을 거란 말은 정말 농담이 아니었어." 나는 누나에게 막말을 하는 아버지에게 대신 화를 내고 싶었던 적이 한두 번이 아니었다.

나는 다시 침대 위에 누워 핸드폰을 들여다보거나, 책상 위에 앉아서도 책은 보지 않은 채 시간을 보냈다. "난 이렇다 할 취미도 없어." 책을 본 후, 나는 게임을 하는데 아무런 즐거움도 느끼지 못했다. "책이 그만큼 내게 더 큰 자극을 주었단 얘기겠지." 그렇다고 자위를 하기엔 아직 시간이 이르다고 생각했다. 최근 들어서는 자위가 더 즐겁게 여겨지기도 했다. "하루가 전혀 만족스럽지 못한 것도 그때였지. 하지만 지금은 달라, 나는 눈을 뜨자마자 무엇을 해야 할지 곧 알거든." 나는 산 책 중 일부를 다시 가방에 집어넣었고, 다시 침대로 자리를 옮겼다. "나는 잠에서 깨어나는 것을 악몽이라고 생각했던 때를 잊어버린 거야."

시간이 조금 지났다. "도대체 집에선 뭘 해야 할지 모르겠어. 책 읽는 시간은 정해져 있고, 난 온몸이 아플 때까지 책을 보는 일만 하고 싶은걸. 난 정말 그것 말고는 할 게 없어.”

“저녁 드셨어요?”

나는 아버지에게 물어본 뒤 혼자서 끼니를 때웠다. 잠시 책상에 앉아 있던 나는 여전히 핸드폰을 들여다보았다. “예전엔 항상 학교에 갔지. 그러면 하루가 심심한지 몰랐어. 지루한 시간일수록 나는 그걸 자유라고 생각했거든. 하지만 지금은 아니야. 난 책을 보지 않으면 정말 할 게 없고, 지루한 시간을 마땅히 버텨야 한다고 생각할 뿐이야. 이 시간조차 책을 보기 위해 필요한 휴식이라는 생각도 들어.” 나는 벽에 붙은 때 같은 것을 벗기고 있었다. “지금은 지구 반대편 어느 집구석에 있는 먼지구덩이 하나까지도 볼 수 있잖아. 하지만 그게 나와 무슨 상관이야? 난 그런 것에 관심이 없어. 하지만 다른 사람들은 매일 그런 것만 몰두하며 살지.”

나는 여러 시간을 누워 여전히 마음이 편치 못했다. “내게 시간이 더 있었으면 좋겠어. 몇 달째 나는 책만 보고 있고, 이건 정말 다행스러운 일이야. 가족들은 별말이 없지만, 나는 일을 하지 않는다는 생각에 괴롭기도 해. 이렇게 가다간 정말 죽을지도 몰라.” 형광등 중 하나가 수명을 다했는지 깜빡거리며 시커먼 속내를 드러냈다. “하지만 더 책을 보고 싶어. 난 아무 생각도 할 수 없었던 때로 돌아갈 수 없어.” 나는 다시 책상에 앉고도 무엇을 해야 할지 알 수 없었다. “이제 벌써 28살인데 어쩌지? 늦었다고 생각하지 않지만, 나처럼 생각하는 인간이 어디 있어? 그런 사람들을 찾을 수나 있는 거야? 나조차도 나를 잘 모르는데."

집 안은 무척 고요했다. 난방 때문인지 벽에서 스며오는 한기는 괜찮은 것으로 느껴졌다. 나는 또다시 내일 아침에 나갈 생각에 곧 잠자리에 들 수도 있으리라. 나는 하루하루가 불안했다. "일 년을 하루처럼 똑같이 살 수 있다면 정말 바랄 게 없을 텐데." "그게 재미있다고 여겨지는 것도 모두 하루 안에 벌어져야 할 일과처럼 느껴져." 내일 비친 태양은 내게 버틸 만큼의 양만 내리쬘 것이다. 나는 그것으로 사물도 보고 따뜻함도 느낄 수 있었다. "하루를 더 살 힘이 있다는 건 정말 소중한 거야. 나는 꼭 하루만큼의 에너지를 가지고 밖으로 나가 그것을 모두 소진해야만 해."

4

카페에서 책을 읽던 나는 곧 중고서점으로 향했다. "그 책은 절판이라고!" 서점 안에 들어서자, 나는 마치 누군가와 경쟁을 하듯 그 책을 손에 쥐었다. "이 책을 읽으려면 일단 사둔 책들 부터 다 읽어야 해. 하지만 책장에 가득한 책들을 생각하면 오 히려 사지 않을 수 없는걸." 그때 책은 내게 오직 기대감만 주 는 듯했다. "내 사치에는 무언가 특별함이 있어. 무엇보다 여기 선 저렴하게 책을 살 수 있거든."

나는 먼 곳까지 책을 사러 다니기도 했다. 나는 지하철 안에 서 핸드폰을 이용해 책이 팔렸는지를 눈여겨보고 있었다. 지하 철에서 내리자마자 나는 뜀박질을 시작했다. 이미 나는 그곳을 몇 번 지나친 터여서, 가장 빠르게 가는 방법도 알고 있었다. "무릎이 부서져라 뛰는 이유가 고작 그 낡은 책 하나 때문이라 면 누구든 그냥 웃어넘기진 못 할 거야." 나는 색이 바랬으며 낡아빠진 그 두꺼운 책을 상상하지 않을 수 없었다. "긁는 건 문제가 아니야. 내겐 그 책이 더 중요하다고!" 그 책은 일단 많 은 사람의 눈에는, 그것은 정말 벽으로도 보일 것이다. "누가 팔았는지는 몰라도, 꽤 돈이 필요했나 보군. 아니면 다른 책을 사고 싶었던 모양이야." 나는 그 책에 한가득 줄이 쳐지거나 메모가 되어 있다 한들, 어쩌면 더 깨끗한 책일 수도 있다고 생각했다. "책 냄새만 맡아도 이젠 새것인지 아닌지 구별이 가능할 정도라니까, 오히려 난 오래된 책이 좋아. 문제는 사람이 썩으면 엄청 역한 냄새가 난다는 사실이지."

나는 처음 가보는 서점을 찾느라 계속 걸었지만, 책이 있어야할 자리는 아무도 없었다는 듯, 책은 아무리 찾아도 보이지 않았다. "젠장! 방금까지 있던 책에 무슨 발이 달렸나? 도대체 어떤 놈이야? 아직 책을 구매하진 않았는데." 지하철보다 내가 빠를 순 없었고, 나는 지하철 안에서 오로지 불안만 느껴야 했다. 나는 차오르는 분노를 풀 만한 것도 발견하지 못한 채 서점 안을 돌아다녔다. "그놈이 나보다 한발 빨랐을지 모르지만, 누구보다 그 책은 내게 가장 필요하다고!" 내가 그놈들을 실제로 본 적은 별로 없었다.

나는 간발의 차, 내가 사려던 책을 꺼내 옆구리에 낀 놈 옆에서 하이에나처럼 눈치를 보고 있었다. "네가 만약 그 책을 사서 곧바로 여길 나가면, 내 너를 인정해주마!" 나는 거품을 물 듯 그를 주시하며, 다른 책을 사려는 척 기회를 엿보고 있었다. 하지만 오히려 그들이 다른 책도 좀 사려는 것 같았다. 손에 든 바구니에는 전혀 다른 종류의 책도 여러 권 끼어 있었다. "그책이 너에게 고작 그 정도 가치라는 거냐? 난 그 책 하나를 사려고 한 시간 넘는 거리를 달려왔어. 넌 아무렇지 않을지 모르겠지만, 행동 하나로 네 수준을 들킨 것뿐 이야. 뭐해? 그 책을 제자리에 돌려놓지 않고."

내가 중고서점에 오래 머무는 일은 그때뿐이었다. 나는 관심도 없는 책들 앞에서 기다리면 곧 원하는 책을 다시 손에 넣을 수도 있었다. 하지만 대부분은 헛된 꿈으로 물거품이 되었다. 그놈이 보란 듯 내 앞에서 적립금까지 써가며 값을 계산하고는 휑하니 사라져 버린 것이다. "내가 너에게 고개를 조아려서라도 책을 얻을 수 있을 것이란 가정은 가능하지. 하지만 내가 무엇이라도 했다면, 나는 네놈의 뒤통수를 후려갈겨서 책을 가져가고 싶을 뿐이야." 그의 옷차림은 내게 책을 넘길 리 만무하다는 생각을 하도록 만들었다. 그러면 나는 더 화가 났다. "그놈의 간절함 따위 내게 무슨 소용이지? 내 간절함은 모든 것을 무로 돌려놓을 뿐이야. 그 책이 오직 내게 의미가 있는 것이지, 네놈의 존재 의미 따위가 내게 있을 리 만무해." 나는 그 책도 못 읽게 되었고, 평정심이란 것이 내게 있는지도 의문이었다. 나는 상대방의 삶 전체를 흉보며 저주를 퍼붓기도 했다.

도스토옙스키의 전집을 사기 위해 뛰어다닌 일화는 내게 가장 유명하다. 나는 그의 소설을 몇 권 읽었고, 주인공이 나 같다고 여기지 않을 수 없었다. 전집이 한 매장에 모두 진열되어 있었다면 나는 오히려 망설이는 시간을 가질 수도 있었다. 몇 권은 이미 계산을 한 뒤 다른 책들을 손으로 든 채 말이다. "나는 이 책들을 그냥 내 버려둘 수가 없어. 책들 속에 내가 가질 기쁨이 꼭 하나씩 들어 있을 텐데!"

책은 같은 시각 동시에 여러 매장에 두세 권씩 나뉘어 판매되고 있었다. "도대체 한 곳에 갖다 놓지 않은 이유를 알 수가 없네. 나 같은 사람이 있다곤 상상도 못 했다는 듯이." 그 전집은 새빨간 양장본으로, 이미 개정판도 나와 있는 상태였다. 나는 한정판에 목을 매는 사람처럼, 전집을 꼭 책장에 진열해야겠다고 생각했다.

나는 가장 가까운 중고서점에 책 두 권을 먼저 손에 넣은 뒤 급히 두 정거장 떨어진 다른 매장으로 향했다. 가장 처음 구매한 책들은 봉투에 담아 손에 들고 뛰었다. 지하철에서는 핸드폰으로 계속 책이 팔렸는지 확인하는 일을 반복했다. 땀이 온몸에 비 오듯 쏟아졌다. 나는 지하철 문이 열리자마자 다시 뜀박질을 시작했다. "이렇게까지 해야만 하는 이유는 분명 그게 다가 아닌데, 그렇다고 막상 떠올리자니 마땅한 걸 찾을 수도 없잖아." 가장 먼 곳에 있는 중고서점을 갈 수 있었던 것도 그 책 덕분이었다. 처음 올라보는 계단은 더욱더 가파르게 느껴졌다. 나는 몇 번이나 계단을 오르내리느라 날씨와 상관없이 맨몸에 등목까지 하고 싶은 심정이었다. "포기하고 싶다고 느끼면 오히려 난 화가 날 뿐이야." 나는 빠른 걸음으로 잠시 쉴 뿐,

처음 가본 곳에서 중고서점의 표지판을 찾느라 얼굴을 찌푸리며 계속 걸었다.

"적립금이 있는데 써드릴까요?"

"네. 전부 써주세요."

그곳은 꽤 넓었고 내가 다니는 중고서점보다 책이 많았다. 하지만 나는 책만 사서 냉큼 가방에 넣었다. 여러 봉투에 담긴 책을 하나에 옮겨 들기 쉽게 만들었다. 그때는 마치 처음인 듯, 누군가 책을 가져가는 일은 벌어지지 않고 있었다.

나는 한 시간 넘는 거리에 서점도 마다치 않았지만, 몇 정거장을 더 가야만 하는 상황에 정작 망설이고 있었다. "정말 여기까지 가서 그 책을 살 필요가 있을까? 그 사이 누가 한 권이라도 가져가면 다른 책을 산 의미가 없어지는 게 아닐까?"

돌아올 때 내 손에는 책이 담긴 봉지가 여러 개 들려 있었다. "얼마를 썼는지 계산하지 않고는 그냥 넘어갈 수가 없나 보군." 나는 두세 시간 사이 교통비로만 커피 두세 잔 값을 쓴 듯했다. 대신 원하는 책을 모두 싼 가격에 산 것이 만족스러웠다. 고풍스러움과 더러움은 그때 가장 구별하기 어려운 듯 보였다. "아무렴 어때, 평생 간직할 책인데."

그만큼 먼 거리에서 나는 또다시 누군가를 기다리는 사람처럼 서 있었다. 나는 그곳을 모두 돌며 내가 살 책을 보고 있던 남자를 찾아냈다. "역시나 고민을 하는 모양이네. 네겐 그 책이 두루마리 휴지처럼 보일지 모르지만, 내겐 오직 사야 할 책밖에 없다고!"

결국 그는 책을 가지고 사라졌다. 나는 긴장이 풀려 자리에 주저앉고만 싶은 심정이었다. "그들의 무의미한 사치가 어쩌면 더 나은 것일지도 몰라." 나는 차라리 아무 고민 없이 새 책을 사고, 마음에 들지 않으면 내버려 두는 일을 쉽게 하는 사람이 되고 싶은 심정이었다. "그 돈의 액수는 오직 내게만 문제거든." 나는 잠시 그곳을 서성이다 곧 발길을 돌렸다. "나는 그 정도의 돈도 쓸 수 없는 이유를 대는 것이 더 쉬운 사람이니까." 나는 다시 먼 거리를 돌아가야 했고, 아쉬운 책일수록 그 마음은 더 큰 것이었다.

나는 이것이 하루 이틀 연명할 돈을 마련하고자 발품을 팔며 일손을 찾는 소설 속 여자의 절절함이라고 착각했던 것이다. 그녀는 눈앞에 놓인 죽 그릇을 들 힘조차 없이 며칠을 굶은 상태였다. 온몸에 퍼진 병은 치료가 곤란했던 그녀를 피투성이로 만들었고, 팔과 다리에 붙은 벌레들은 밤낮으로 그녀를 괴롭혔다.

그녀는 신발을 못 신어 발이 엉망이었지만, 벌레를 자신처럼 여겨 내버려 둘 정도로 고운 심성을 지니고 있었다. 그녀는 항상 돈에 시달려야 했고, 몰상식한 인간들의 질타에 시달려야만 했다. "그들에게 이유가 없었던 것은 아니지, 평범한 그들도 이유를 찾기 위해 그녀처럼 거리를 떠돌았던 거야." 그녀가 살 날이 얼마 남지 않자, 모두가 그녀를 보살피는 것에서 가장 큰 기쁨을 얻은 듯 보였다.

그 여자가 얼마만큼 말랐는지를 설명하는 대목을 읽던 나는 감탄을 연발했고, 쥐가 물어뜯는 일에도 저항하지 못할 그녀의 팔은 썩은 나뭇가지처럼 아무렇게나 놓여있었을 것이다. 그것은 내게 두려움, 그것과 맞먹는 슬픔이 내 마음에 먼지처럼 쌓였다. 그녀를 애석하게 여기자, 나는 이것이 그토록 경멸하게 된 동정심이라 떨쳐내야 하는지도 제대로 파악할 수 없었다.

그녀에 비하면 나는 수전노에 오직 먹는 것만을 이유로 살다가 죽는 돼지처럼 느껴졌다. 내 몸에는 회사에 다니며 먹었던 기름진 음식의 흔적이 남아있었다. 나는 30대에 배가 산처럼 불어, 바지가 터져 수선을 해야 하는 선임을 보고 두려움을 느꼈다. 선임은 일에 시달리며 당뇨에도 시달리고 있었다. 내 몸도 그와 별반 다르지 않은 꼴로 변해가고 있었다. 나는 국물이 옷에 튀지 않게 유념하며 뜨거운 음식을 먹느라 온몸이 땀으로 젖어 있었다. 나는 겨우 몸을 가린 그녀와 달리 부른 배를 감추느라 벨트를 조였고 속은 항상 더부룩했다.

매일 운동을 하고 있어 망정이었다. 내 몸은 애매함을 담은 상태로, 그것은 언제든 망가질 진흙 항아리였다. 회사를 빠져나온 이후 내 몸은 한결 가벼운 상태였다. 나는 왕처럼 먹진 못했지만, 어떻게든 배를 채운 뒤 카페로 향할 수도 있었다.

오후 3시마다 채혈을 해야 하는 사람처럼, 점심은 내게 평생 걸러야만 하는 것으로 여겨졌다. 내가 잠시 카페를 빠져나와 빵 하나를 사 먹기까지는 수십 번의 실패가 있었다. 가끔 나는 단숨에 사들인 빵이나 쌀을 입안으로 욱여넣고 맛을 보느라 기둥처럼 서 있었다. "그래도 내겐 억지로 배를 채워서라도 해야 할 것이 있으니까." "나는 더는 몸을 쉽사리 포기할 만큼 명청하지도 않지." 나는 가끔 아무 의미도 없이 떠 있는 간판을 보고 오히려 기발한 생각이 떠올랐다. "몸과 정신은 결코 나눌 수 없고, 그것은 이성의 명령을 받지 못할 더 큰 존재니까." 나에게는 서 있는 시간 3분이면 충분했다. "편안함은 정말 아무것도 아니지만, 이성의 노예로서 사는 일은 이제 내게 괴로움만 줄 뿐이야."

책 읽는 일이 너무나 중요해, 나는 금식을 당연한 것으로 여기는 수도자처럼 참고 또 참으며 독서에 몰입하기도 했다. 나는 염소가 아니었고, 그것은 불결한 행위로 느껴졌다. 체중 저하가 잠시나마 기쁨을 주었던 것이지만, 그것은 결국 짧은 길로 돌아가려던 내가 가랑이가 찢어져 건강을 잃는 것과 마찬가지였다. 책을 사기 위해 떠났던 먼 고행길에서 돌아온 나는 허기진 배를 붙잡고도 오히려 음식을 마다했다. 한 푼이라도 더 쓴 날 먹는 음식은 목구멍을 지나치는 돌처럼 느껴졌기 때문이다.

나는 여전히 좋아하는 일을 하는 데 있어 지금의 행복은 오히려 독이라 굳게 믿었다. "침대 위에서 주말 내내 텔레비전을 보는 것이 자유라고?" 나는 행동도 하지 않고 맞고 틀리는지를 결정하는 일에 진절머리가 났지만, 이제는 무엇이 맞고 틀리는지를 확실히 못 박아두지 않고는, 그것은 내게 아무런 의미도 없는 것이었다. "그것은 내게 텔레비전을 좋은 것으로 바꾸는 일을 행복이라고 여기는 것만큼 무의미해."

지식을 쌓기 위해 노력한 이후, 나는 온갖 방해요소들을 들이지 않기 위해 싸워야만 했다. 그것들은 나를 점령하기 위해 찾아온 적들로 결코 하나가 아니었다. 발등에 박힌 불화살을 모른 체하고 싸울 순 없는 일이었다. 내가 그들 때문에 괴로워한다면 온전한 독서는 불가능했다. 그러면 그것은 같은 곳을 맴돌며 앞으로 나아가지 못해 시간 낭비만 하는 악한 일로 느껴졌다.

책은 괴로움을 해소하는 데 가장 크게 일조했으며, 나는 괴로움을 잊는 방법을 통해 땅속을 파고드는 동물처럼 책에 빠져들었다. 책 속에 담긴 의미를 해석하는 일은 내게 무엇과도 바꿀 수 없는 큰 수확이었다. 나에게는 그것이 황금 곡식을 거둔 농부가 더는 아무것도 원하지 못하는 일처럼 느껴졌다. 필요한 것은 약간의 물이 전부였다. 그러면 새로운 시도로써, 지금까지의 잘못을 바로잡을 큰 의미로서의 새로운 생각도 창조해낼 수 있었다. 나는 호수에 비친 저녁놀 또한 얼마나 근사하다고 생각하는 것인가!

내가 일을 찾아보지 않은 것은 아니었다. "예전엔 그렇게 일을 하고 싶었던 적도 있었는데." 나는 일을 하는 것에 왠지 반감을 느끼는 듯도 했다. 최근에는 판매도서에 댓글을 남기면 돈을 준다는 말에 속아 사기를 당할 뻔도 했다. 아르바이트를 구한다는 공고를 본 후 곧바로 전화를 걸었던 나는, 비슷한 아르바이트 경력이 있었던 것을 강조하며 약 30분간 그 남자의 설명을 주의 깊게 듣고 있었다. 그가 통장과 관련된 이야기를 꺼낼 때까지도, 기쁜 마음으로 내가 곧장 카페를 빠져나와 집으로 향하던 도중에서야, 나는 그것이 나를 속이기 위해 벌어졌던 연극이라는 사실을 깨달았다. 그 이후에는 스스로가 더 한심하게 느껴졌다.

"나로선 이것도 썩 나쁘지 않은걸." 나는 갖고 있던 책을 팔아넘기기 시작했다. "내가 이 책을 싸게 구매했듯이, 누군가도 이 책을 보고 기뻐하게 될 거야." 나는 일단 다시 책을 파는 것도 나쁘지 않다고 생각했다. "또 다른 책을 사기 위해선 내게 꼭 필요한 일이기도 해."

집 안에 오래 묵은 책들부터 모조리 팔기 시작했다. 나는 그것을 집 안에 널린 봉지에 담아가거나, 천으로 만든 작은 에코백에 담아 서점으로 향했다. 나 말고도 책을 팔고자 하는 사람이 많다는 것을 알게 되기까지는 얼마 걸리지 않았다. 주말에는 직접 차를 끌고 와, 커다란 여행용 가방을 꽉 메운 책을 파는 사람도 볼 수 있었으니 말이다. 그러면 나는 번호표를 뽑고 내 순서를 기다려야만 했다. 그 돈으로 나는 좋아하는 책을 새것으로도 몇 권 살 수 있었다. 나는 곧장 매장에서 사고 싶은 책을 손에 넣을 수 있었다. "당장은 다른 책도 보고 싶으니까." 카페에 가기 전, 나는 읽었던 책 중 팔 만한 책을 가방에 담아 중고서점으로 향했다.

책은 품질에 따라 팔 수 있었다. 직원은 책에 품질을 꼼꼼히 확인한 후, 그것을 최상, 상, 중, 하로 구별했다.

"이 책은 표지가 찢어져서 돌려드릴게요."

다른 중고서점에서 샀던 책을 다시 되팔 수 없는 경우도 있었다. 줄이 쳐진 책을 샀던 나는, 그 책을 다시 돼 팔 수 없다는 사실에 큰 충격을 받았다. 하지만 그것도 곧 익숙해졌다. 일단 팔 수 있는 책은 전부 팔아 다른 책으로 바꿔 놓을 수 있었다.

"절대 팔 수 없는 책도 있지. 이 책들은 내 목숨과도 같으니까."

나는 책을 읽기 전, 온라인 서점에 판매되고 있는 신간 서적에 댓글을 쓰는 일부터 시작했다. 댓글을 쓴 사람 중 추첨을 통해 적립금을 지급하는 이벤트가 내겐 가장 유용한 것이었다.

"내가 죽어도 하기 싫은 일을 하게 되다니." 공짜로 줘도 읽지 않을 법한 책들에 대한 칭찬의 글을 적는 일은 어렵지 않았다. 나는 판매되는 책의 목차를 대충 훑어본 뒤, 100자에 한정된 글을 꽉 채워 넣었다. "매일 댓글을 적어 적립금을 얻는 것이 무슨 일이 될 수 있겠어." 그래도 나는 모은 적립금을 또다시 보고 싶은 책을 사는 데 사용할 수 있었다.

진행되는 투표나 할인, 모아둔 적립금을 합쳐 나는 책을 샀다. 점점 책을 사는 비용은 줄어들었다. 나는 결코 더 많은 책을 읽지 못했지만, 이러한 행동을 겨우 취미라 부를 순 있었다. 나는 그토록 원하던 책을 위해 몇 주를 기다렸고, 동전 하나의 값으로 새 책을 손에 넣을 수 있었다.

계절은 여름인 듯했다. 나는 유리창 밖을 바라보고 있었다. 나는 예상했을 풍경이지만 곧 아름답다고 생각했다. 강은 대낮에 열기를 식히고도 남을 거대한 크기로, 그 위를 지나는 나는 철길이 내 반대 방향으로 움직인다고 생각할 뿐이었다. 하늘에 구름도 내게는 평소와 다름없어 보였다. 내 움직임은 곧 그 책을 향한 것이었다. 내가 그 다리를 건너서까지 해야 할 일은 사실 별것 아니었다. 땅을 두 개로 나눈 경계는 쉼도 없이 넘실거리고 있었다. 새파란 물 위에는 햇볕이 부서진 채 흩뿌려져 있었고, 나는 생각에 잠기다 조금 졸리기도 했다.

"책이 온전히 제자리에 있어야 할 텐데, 이게 곧 내 집착만은 아니라고 생각해." 나는 책을 손에 넣는 것보다 더 기쁜 것을 잘 알지 못하고 있었다. "내가 이렇게까지 해도, 작은 책을 손에 넣는 일에는 항상 어려움이 있어. 문제는 어디에나 있고, 원하는 책을 손에 넣지 못한 내게는 고통이 따르지." 내 몸에 진동은 일정한 것으로만 느껴졌다. 나는 그것을 결코 더 섬세하게 나눠 볼 수 없을 것이었다. "우연을 긍정한다는 것은 무엇일까?" "나는 아직 아무것도 모르는 풋내기인가 봐. 그 책에 내가 원하는 답이 있을지도 몰라."

책을 읽는 사람에게는 하나의 답과 하나의 의문이 떠오르기 마련이었다. "찝찝한 기분이 드는 것은 책과 나 둘 중 하나의 문제지. 이 정도 생각이라면 지하철을 타고 가는 시간에도 곧 만족할 수 있겠는걸?" "나는 떠오른 생각이 마음에 드는지 아닌지만 판단해 간단히 메모만 하면 그만이야." 나는 아직도 강위를 지나고 있었다. 짧은 시간이라도, 나는 벌써 한 페이지를 거뜬히 채울 생각도 할 수 있었다.

"그 책 따위 누가 집어나 가지!" 무슨 연유인지는 알 수 없었지만, 신기한 일이 벌어진 것이다. 내가 진동과 다름없이 오한을 느낀 것은 불과 몇 초전 일이었다. 나는 차라리 누군가 책을 집어가는 바람에, 허탕을 친 내가 쓸쓸히 집으로 돌아갔으면 좋겠다고 생각했다. 정말 그렇게 된다면, 나는 오히려 기쁨도 느낄 수 있을 것 같았다. 원래 내 책도 아니지 않은가? 내 책이 가본 적도 없는 곳에 꽂혀 있을 리 없었다. 나는 어릴 적,

온 동네를 돌아다니며 내가 자연의 주인이 아니면 무엇인지 알
지 못했다. 나는 곤충과 작은 동물들을 괴롭히며, 그들이 싸우
거나 경주를 하는 모습에 낄낄거리기도 했다. 나는 만질 수 없
는 청설모나 새 때문에 꽤 심통이 났었는데, 그들은 내가 전력
을 다해 던진 돌에도 시큰둥하거나, 잽싼 몸짓을 부려 잘도 피
했기 때문이었다.

"내가 왜 가지지 못한 것에 그토록 열을 냈지?" 내 모습이 마
치 어린아이처럼 느껴진 것이었다. "하지만 어린아이는 무엇을
긍정하지? 우연, 그렇지! 바로 그것이다! 아이들은 우연이라는
산물 중 가장 빛을 발하는 존재들이니까, 우리는 결코 아이들
을 소홀히 대해서는 안 되는 법이지. 그들은 파도가 오는 그
순간까지도, 일부러라도 더 모래성을 만드는 데 집중하는 법이
니까. 파도가 마침내 모래성을 덮치자, 그들은 그제야 참아낸
듯 웃음을 터뜨리며 즐거워한단 말이지." "모래성을 만드는 데
에는 많은 모래가 필요치 않아. 우주에 비할 우리는 해변의 모
래알 한 알갱이도 아닐 지경이고, 나도 한때는 어린아이였지.
나는 우연을 긍정한다는 것이 무엇인지 이미 알고 있는 거야."

생각은 꿈결처럼 떠올려졌을 뿐, 마음에 꼭 든 것은 내 의사
가 아니었다. "나는 이 생각을 잊을지언정, 이 느낌만은 절대
잊지 않겠지." "앞으로도 마찬가지, 나는 지금보다 더 좋은 생
각을 떠올릴 기대로도 얼마든지 살 수 있는 거야."

생각은 섬광처럼 연달아 터졌고, 연기처럼 사라질라 나는 서둘러 메모를 해둔 상태였다. 나는 굳이 유명한 세계 관광지를 돌아다니지 않아도 괜찮았다. "고귀한 생각이 누추한 나를 찾아온 것이지!" 내게는 지하철 안이나 집으로 가는 시장길이라는 인식만 있으면 충분했다. "나는 만발의 준비까지는 아니어도, 언제든 떠오른 생각을 적어 나중에 정리하면 그만이거든."

나는 글을 쓰고 정리해 놓는 일이 재미있었다. 나는 아침의 체험을 토대로 또 하나의 페이지를 채울 수 있었다. 나는 가끔 그것을 다시 읽어보기도 했다. "이 부분은 철학자가 쓴 것과 별로 다르지 않은데?" 나는 그것이 오늘 하루 가장 큰 기쁨이었다고는 확신할 수 있었다. 나는 그 철학자가 걷던 길을 똑같이 거닐 필요가 없었다. 내게는 타임머신을 기다리는 수고도 필요 없었다.

나는 책을 창과 방패, 또는 친구삼아 지내고 있었다. 그런데 책을 읽으면 읽을수록, 그들은 내게 제발 적게 읽으라고 말하는 것이었다. 자꾸만 떠나라 내치는 호통은 양쪽에서 부딪힌 파도처럼 내 마음에 반발심만 더 높게 치켜세울 뿐이었다.

그것은 좋은 책과 나쁜 책을 구별할 줄 아는 선명한 눈을 가져야 한다는 말로 들렸다. 나는 불가능을 가능케 할 만한 의지로써, 단 한 번으로도 책이 말하고자 하는 것을 모두 파악할 만큼의 꼼꼼함과 섬세함을 지닐 필요가 있었다. 곤충의 더듬이처럼 내게는 자신의 한계를 뛰어넘을 수 있는 무언가가 절실했다.

그들과 나의 사치가 무엇이 다른지, 둘에 포함된 성분 차이에 대해서는 명확한 분석이 요구됐다. 값비싼 옷과 물건은 내게 증오와 혐오를 일으킬 만큼 나쁜 것이었고, 나는 무조건 반대로만 하는 말썽꾸러기처럼, 그들이 여태까지도 놓지 못하는 것들을 내 주변머리에서 모조리 치워버리고 싶은 욕망에 싸여 있었다. 나는 날이 갈수록 작은 일에도 이러한 명확성을 부여했고, 그것은 새로운 삶으로의 모색을 가능케 할 지침서의 일부처럼 느껴졌다.

그들은 돈으로 살 수 있는 가장 좋은 것을 손에 쥐고도, 여전히 불만족스럽고 우울한 감정을 표출해대는 것이었다. 웃음 가득 찬 그들의 표정을 믿지 않은 것이 오로지 내 해석 탓은 아니었다. 그들은 항상 행동으로만 내게 말하고 있었다.

내가 하고 싶은 일 하나가 문득 떠올랐다. 왜 내가 그토록 괴로워야만 했는지를 아는 것이었다. 나는 고통이 정당하며, 그것은 정직한 사람에게 어울리는 것이라 여겨 불만이 없었다. 그들이 나에게 주는 고통의 의미, 그것은 무엇이 그들을 그토록 불행해 보이게 만들었는지에 대해 아는 것과 별반 다르지 않았다. 나는 오직 느끼는 대로만 생각해왔던 것이고, 이제 그들의 모든 행동에는 어쩔 수 없었던 사람의 심정이 담겨 있었다는 것을 말하고 싶어진 것이다. 그들은 인생이 너무나 지루하다는 사실을 먼저 깨달았다.

# 2부

1

오늘은 크리스마스였다. 카페가 평소보다 붐빈 것은 기분 탓이 아니었다. 하지만 내겐 크리스마스가 다른 날과 다르지 않았다. 크리스마스에 눈이 오길 바라는 사람은, 얼어붙은 땅에 대한 불만도 늘어놓을 것이다.

나는 최근 컨디션이 들쑥날쑥했다. 오늘은 기대한 시간보다 더 고집을 부릴 수 있을 것 같았다. 어제보다 더 오래 집중할 수 있어 나는 만족감을 느꼈다. 오늘 본 책은 내 마음에 꼭 들었다. 나는 믿음에 대한 생각을 글로 좀 썼고 다시 읽어보진 않은 상태였다.

내가 그런 믿음 따위를 버린 것은 산타 분장을 하고 나타난 남자의 무릎 위에 앉아 있을 때였다. 포장도 뜯기지 않았는데, 나는 내 손에 들린 것이 양말 두 켤레라는 사실을 알아챈 모양이었다.

"너도 엄마랑 같이 성당에 가자! 우리 가족이 지금 이렇게 건강하고 행복할 수 있는 건 다 하느님께 매일 기도를 드렸기 때문이야."

나는 집들이를 하고 난 후 얼마 지나지 않아 아버지가 모함을 당했다는 것, 몇 년 후 아버지가 사업을 시작하기 전부터 어머니가 성당에 다니며 성경을 읽기 시작했다는 것을 알고 있었다. 크리스마스가 월요일이라는 것, 그러면 사람들은 어떻게든 금요일이나 목요일부터 쉴 요량을 부리는 것이고, 그들이 어떻게 보낼 것인지를 듣고 싶지 않아도 나는 알게 되는 것이었다.

이름도 모르는 사람의 생일이 내게 무엇이 중요하단 말인가? 그것이 생일이든, 생일을 축하하는 날이든 아무 상관도 없다. 나는 우산이 없어 차라리 눈이 오지 않는 것을 다행스럽게 생각했다. 나조차 크리스마스가 무슨 특별한 날인 줄 착각했던 것이다. 이전에는 내가 혼자이기 때문이라고 생각했다. 지금 내가 혼자가 아니라면, 내 말은 조금 더 믿을 만한 것이 되었을지도 모를 일이다.

유정이는 크리스마스를 좋아할 수밖에 없는 나이에 걸려 있었다. 그녀는 가수라는 꿈도 가지고 있었다. 그녀는 가수가 되어 무대 위에 서 있는 상상을 하기도 했다. 하지만 그녀는 아직 오디션을 보러 다닐 자신이 없었다. 여느 여자아이들과 마찬가지로, 그녀는 우상처럼 여기는 가수를 좋아하며 친구들과 몰려다니기를 더 좋아했다. 그녀는 새침한 성격으로, 외모에는 한창 관심이 많아 언니의 화장품을 몰래 쓰기도 했다. 다행히 그녀의 언니는 잘 꾸밀 줄을 몰랐다. 오히려 언니가 어린 동생에게 눈 화장을 배우기도 했다. 그녀의 언니가 설거지하며 꽥꽥 노래를 부르면, 그녀는 하찮은 농담으로 언니를 웃기기도 했다. 언니는 고무장갑을 낀 채 배꼽을 잡고 웃어댔다. 자매가 유쾌한 것은 다행으로 여겨졌고, 자매는 서로에게 많은 의지가 되는 것이 분명했다.

유정이에겐 남몰래 할 큰 걱정이 없었는데, 그녀는 새벽까지 통 일찍 잠자리에 드는 법이 없었다. 언니가 곯아떨어진 사이, 그녀는 최근 인터넷을 통해 알게 된 남자와 늦게까지 대화를 하는 재미에 빠져 있었다. 그 남자는 유정이 보다 10살이나 많은 평범한 대학생이었다. 중학생이었던 그녀는 처음 그와 대화를 나누며 나이를 속였다. 그녀가 어리다며 무시하는 사람들을 여럿 만났었기 때문이다. 다행히 그 남자는 달랐다. 처음에 그녀는 그 남자가 무섭기도 했다. 하지만 시간이 갈수록 둘은 즐거운 대화로 시간 가는 줄 몰랐다. 학교에서 돌아온 그녀는 곧장 남자에게 전화를 해달라며, 오늘 생긴 고민을 털어놓기도 했다.

그들은 서로의 노래를 들어주는 사이기도 했다. 그 남자는 자신도 어릴 적부터 가수가 꿈이라고 말했다. 그녀는 그가 마치 처음 털어놓는 듯 이야기를 하고 있다고 생각했다. 그 남자는 자신의 꿈에 대해 모호한 태도를 보였는데, 그 덕에 그녀는 힘이 될 조언도 얻을 수 있었다. 그녀는 아직 실력이 부족해 오디션을 볼 수 없다고 말했다. 완벽한 실력을 갖췄을 때, 그녀는 부끄럽지 않을 것이라 말했다. 그 말을 들은 남자는 태도가 갑자기 돌변해 진지해졌다. 그는 그녀에게 깊은 조언을 해주느라, 걸걸한 목소리가 바닥에 깔려 한층 더 납작해졌다.

"오디션을 가는 사람들이 다 완벽한 건 아니야. 그 사람들도 모자란 실력을 알고도 매번 가는 거라니까? 부끄러움을 무릅써서라도 말이지. 거기서 열심히 연습한 노래를 부르고 춤을 추는 건 아마 이런 게 아닐까? '저 이렇게 열심히 연습했으니까 한 번만 뽑아주세요!'라고. 그곳은 멋진 가수가 될 가능성을 보여 주러 가는 곳이지, 이미 가수만큼의 실력자를 뽑는 곳이 아니야. 그래서 실력이 좀 부족해도 괜찮은 거지. 나를 보여주기만 하면 되는 거야. 나는 최선을 다하면 되는 것이고, 부족한 건 채우면 돼. 너도 얼마든지 할 수 있어. 몇 번이고 가리지 않고 온갖 오디션에 지원해 보는 거야! 노래 대회도 나가 봐! 분명 자신감이 생길 거거든. 꼭 유명한 기획사가 아니더라도 네 가능성을 볼 수 있는 곳이 있을 거야. 내 말 믿어봐!"

남자의 목소리는 갈수록 희망과 확신이 흘러넘쳐, 그를 이미 가수처럼 느끼게 했다. 하지만 현재의 상태가 그녀에게는 생각보다 큰 어려움이었나 보다. 그녀가 이 말을 듣고 당장 오디션을 지원했던 것은 아니었다. 그것은 오직 그녀 자신만이 할 수 있는 일이었기 때문이다.

그녀의 어머니는 가족의 생계를 책임지고 있었다. 언니는 대학생이었고, 자신이 쓸 돈을 스스로 버느라 한밤이 되어서야 집으로 돌아왔다. 온 가족이 모이는 시간은 자정이 가까워서야 이루어졌다. 어머니와 언니를 반기는 그녀의 커다란 두 눈은 대낮에 켠 등불처럼 환했다. 그녀는 사춘기에 접어들어서도 어머니에게 떼 한 번 쓰지 않았다. 그녀는 젖살이 오른 귀여운 얼굴에 일찍이 성숙한 생각도 할 줄 알았다. 그녀는 작고 귀여운 강아지가 키우고 싶어 곧 울 것 같았지만, 어머니가 오기 전 미리 설거지도 해놓을 줄 알았다. 그녀는 집으로 돌아온 어머니에게 먼저 말을 걸며, 라면으로 때운 저녁 대신 진수성찬을 먹은 듯 자랑을 해댔다.

아버지가 아픈 것이 그녀에겐 슬픔도 기쁨도 아니었다. 그녀가 더 어릴 적, 그녀의 가정은 평범해 보였다. 그녀의 아버지 역시 여느 아버지처럼 보였다. 아버지는 두 딸을 똑같이 예뻐했다. 아버지는 키가 더 작은딸을 목말 태워 다니며 힘자랑을 하기도 했다. 그녀는 그런 아버지의 모습을 기쁨으로써 꼭 간직하고 있었다. 조금만 더 그 기쁨을 늦출 수 있었다면, 그녀는 아버지가 쓰러졌던 날의 슬픈 기억을 곱절의 아픔으로 간직하고 있었다.

그녀의 아버지는 마른하늘의 소나기처럼 아프기 시작했다.

그 이후에는 말도 잘 못 했고, 걷는 것도 여간 불편해 보였다. 전혀 예상치 못한 순간, 그녀의 아버지는 썩은 나무처럼 힘없이 부러져 버렸다. 아무것도 의지하지 못한 채, 아버지의 건장한 몸은 영원히 깨져버릴 듯 바닥으로 돌진해 주변 사람들을 더욱 놀라게 했다.

그런 아버지를 두고도, 그녀는 크리스마스를 손꼽아 기다렸던 것이다. 하지만 크리스마스가 머지않은 이브 날 저녁, 그녀의 아버지는 또다시 갑자기 쓰러졌다. 그녀는 응급실로 쫓아간 가족들과 달리, 집 안에 갇혀 혼자 크리스마스를 보내야만 했다. 가족들이 그녀만 두고 어디론가 즐거운 나들이를 나간 것도 아니었다. 그녀의 아버지는 자신마저도 갑작스러워 가족들의 도움이 절실했고, 그녀의 크리스마스를 망칠 생각도 없었다. 그녀가 얼마나 울었는지는 오직 그녀만 알았다. 두 눈이 퉁퉁 부은 채 무슨 생각을 했는지, 그녀는 화풀이하며 던져놓았던 인형을 껴안고 더 서럽게 울었다.

매년 이어진 크리스마스라, 그녀는 분명 행복했던 적도 있었을 것이다. 하지만 그녀가 얼굴도 모르는 남자에게 담담하게 털어놓은 크리스마스는 오직 슬픔이라는 단어만을 녹여 이야기로 풀어놓은 듯했다. 그 남자는 정말 아무것도 모르는 대학생이라, 10살이나 어린 아이가 겪은 이야기를 들으며 내심 놀랄 뿐이었다. 그녀의 쾌활함은 무기력한 그에게 힘이 되었기에,

그는 그녀에게 더 큰 애정을 쏟기로 했다. 하지만 그는 매번 그녀에 대해 안타까움만 가슴 한쪽에 쌓아둘 뿐이었다.

그는 자신의 집안과도 단절되어, 이리저리 이사하면 따라다닐 뿐이었다. 그는 학과 공부에는 영 관심도 없어 부모를 속여 새 노트북을 얻어낼 잔머리도 굴리지 않았다. 그는 핸드폰 요금을 낼 능력도 없었다. 그는 가족의 돈만을 빼앗는 불한당 중 한 명이었다. 그런 그는 그녀에게 자질구레한 선물이라도 주고 싶어 했다. 그녀가 컴퓨터 앞에서 노래연습을 하고 싶어 했을 때, 그는 적은 돈을 대신 내주며 오히려 미안함을 느꼈다. 그녀의 생일, 그는 작은 케이크 하나를 보내주기도 했다. 그는 그녀를 위해서라도 돈을 벌고 싶다고 생각했다. 하지만 그는 아무것도 하는 것이 없었다. 그는 하기 싫은 공부를 억지로 하며 뾰족한 수를 생각하지 못했다. 그는 캄캄한 미래만 생각하면 더욱더 무엇도 할 수 없다고 여기는 겁쟁이에 불과했다.

그에게는 다른 희망이 있었다. 그는 미래에 장차 돈을 벌어올 수 있다는 희망으로 보여, 그의 부모는 그에게 기꺼이 돈을 내주었던 것이다. 그 모습은 여느 가정의 모습과 조금 다를지라도, 우리가 듣고 흘리는 이야기처럼 느껴지기도 하는 것이다. 부모는 그에게 전혀 관심이 없었다. 그래서 부모는 그가 방안에서 궁상만 떨고 있는 것이라 여겼을 것이다. 일단 학교를 계속 다니도록 다그치기만 하면 모든 것이 잘되리라 생각했다.

그가 매번 방문을 걸어 잠갔던 것이 일을 더 그르치도록 만든 것일까? 부모는 그가 무엇을 품고 있었는지는 아무것도 알지 못했다. 그의 모습을 보는 것이 고통스러워, 차라리 그편이 나았을 수도 있다. 그가 하는 것들은 모두 재활용도 불가능한 비닐봉지처럼, 태워져 사라져도 골칫거리였다.

어느 날 그는 어김없이 유정이에게 전화를 걸었다. 그녀는 울고 있었다. 그가 그녀의 감정변화에 맞춰 그녀를 달래거나 영문을 묻는 것은 이제 일상이 되어 있었다. 그녀는 아직 눈물을 다 쏟지 못해 말끝을 흐리기 일쑤였다. 그녀는 너무나 슬픈 일을 당했음에, 자신이 한없이 가냘픈 소녀임을 여과 없이 보여주고 있었다.

"아까 집에 오다 우리 반 친구 둘을 만났는데, 날 엄청나게 찾았다는 거야." 그녀가 차근차근 슬픈 이유를 설명했다.

"친구들이 나보고 하는 말이, 어떤 이상한 아저씨가 동네를 돌아다니며 날 찾고 있었다는 거야. 그 아저씨가 말도 어눌하고 생긴 것도 무섭다면서, 자기들한테 내 이름도 말하면서 어디 있는지를 물었다고. 그래서 나한테 조심하라고 알려주려고 찾아온 거래."

그는 그녀의 이야기를 모두 듣지 못해 어리둥절했지만, 그 이상한 아저씨가 곧 유정이의 아버지였다는 사실을 알게 되었다. 그는 그녀의 친구들이 잘 알지 못해 저지른 일이라며, 애타게 전화를 붙잡고 있었다. 하지만 그녀가 정말 슬픈 이유는 따로 있었다.

"오늘 아침에도 내가 아빠한테 짜증을 부렸단 말이야. 말도 버릇없게 하고, 그래서 아빠한테 너무 미안해. 아빠는 말도 잘 못 하고 예전 일도 기억 못 하는데, 그래서 너무 슬퍼."

그녀는 여러 감정을 동시에 느끼는 듯, 하나의 이유만으로는 울지 못할 크기로 목 놓아 울고 있었다. 그는 자신의 처지만 한 아름 껴안을 뿐이었다.

그가 해줄 것이라곤 위로의 말 몇 개가 전부였다. 대신 그는 최선을 다할 수 있었다. 그녀를 좋아했기 때문이다. 그가 그녀를 좋아하지 않았다면, 그는 고작 그런 일에 우냐며 그녀를 나무랐을 것이다. 그는 그녀가 너무 소중해, 꼭 안아주지 못하는 자신을 가장 불행한 남자로 여겼다. 그는 더 할 말이 떠오르지 않아 의기소침해졌다. 하지만 그는 문득 기발한 생각을 떠올렸다. 이 말은 그가 생전 처음 내뱉는 말이 분명했다.

"유정아, 정상과 비정상이란 것이 있을까? 누구는 정상이고, 네 아빠는 정상이 아니야? 네 아빠는 정상도 비정상도 아니야. 그냥 네 아빠일 뿐이잖아. 그러니까 울지 마."

"맞아! 그런 게 어디 있어! 그렇게 생각하는 게 나쁜 거야!"

그녀의 까다롭고 변덕스러운 성격이 기지를 발휘했다. 그녀는 그의 말이 마음에 든 듯, 조금 뒤에는 곧 까르르 웃기도 했다.

그녀는 오늘 하루 아버지를 미워하는 듯 보이더니, 집으로 돌아오며 슬픈 감정을 마주쳤다. 그녀가 자신의 아버지라 밝히지 못한 것은 부끄러웠기 때문이었다. 그녀는 너무나 슬퍼 배도 고프지 않았던 모양이다. 집으로 돌아와 그녀는 아버지 몰래 방 안으로 숨어들었고, 전화로 그에게 깊은 속내를 털어놓았다. 그가 하는 말이 그녀에게 용기를 주었는지, 그녀는 전화를 놓지 않은 채 아버지에게 달려가 말을 걸고 있었다. 그녀는 우렁찬 목소리를 되찾은 듯 보였다. 그녀는 이제 친구들도 집에 초대해 그가 했던 말을 증명할 수도 있을 것이다.

나는 이 짧은 이야기를 썼고, 17살이 된 그녀를 생각하고 있다. 그녀는 내가 한 말을 정말 모두 잊었을까? 그녀는 때에 따라 아버지를 부끄러이 여길 수도 있다. 그녀가 아버지를 미워한다고 말한다면, 나는 그녀가 여느 또래보다 아버지를 더 사랑한다고 말할 것이다. 그녀가 나와 똑같은 세상에 내던져져 있다는 사실은 내 가슴을 찢어지게 했다. 나는 그녀를 사랑했던 것이다. 사람은 자신이 극복한 것만 말해야 한다는 말은 내게 큰 용기를 주었다. 나는 그때 극복도 못 한 생각을 그녀에게 말하고는 부끄러운 줄도 몰랐다. 나는 정상과 비정상을 알지 못한다. 나는 이제야 그것을 뼈저리게 느꼈고, 두고두고 나를 다시 만드는 데 쓰고 있다.

그 어린 소녀가 내게 물었다. 어릴 적부터 무언가를 좋아하는 것은 좋은 일이 아니냐고. 그 순간 나는 내가 이 세상에 혼자 내쳐진 존재가 아니라고 느꼈다. 그래서 나는 벌떡 일어나 그렇다고 소리쳤던 것이다. 나는 그녀가 행복한 사람이라고 말했다. 나는 책에서 행복이란 뒤늦게야 떠오르는 감정이라 배웠지만, 그녀와 나에겐 아무런 잘못이 없다. 나는 그때 의심만 하느라, 그녀와 더 큰 기쁨을 함께 나누지 못한 것을 아쉬워할 뿐이다.

나는 믿음에 반하여 떠오른 사소한 일을 적은 것이다. 나는 유정이가 크리스마스에 겪었던 일을 아무렇지 않게 말하던 순간이 잊히지 않는다. 나는 사실 온통 크리스마스를 저주하는 글을 적고 싶었다. 나는 크리스마스를 믿도록 만든 데 크게 기여했던 그 모든 것들도 저주한다. 나는 저주에 걸맞게, 선에 대항하여 사악하고 모난 방식으로만 글을 쓰고 싶었던 것이다. 물론 이야기는 다른 방향을 향해 나아가 꽂힌 듯 보인다. 나는 이 글에서 아무런 잘못도 발견하지 못하기 때문이다. 나는 아무것도 이해하려 들지 않는 사람에게 읽을 만한 책이 무엇인지도 전혀 말해줄 수가 없다. 지은이가 불분명한 두꺼운 책이라면 또 모를까. 나는 정말 크리스마스에 꼭 눈이 와야 한다고 말하는 사람들을 이상하게 쳐다볼 뿐이다.

2

이른 아침 눈을 뜬 것은 아버지의 목소리 때문이었다.

"내 제사 지내줄 놈은 아직 자는 거야?" 아버지는 곧 나를 깨우러 방 안으로 들어왔다. "이제 일어나라, 제사 준비해야지." 나는 대충 얼굴만 씻고 다시 침대 위에 걸터앉았다. 하지만 나는 일찍 일어나도 별로 할 것이 없으리란 걸 알고 있었다. 내가 할 것은 그저 조금 단정한 차림이면 충분했다.

문을 전부 열어둔 집 안은 상긋한 아침 기운이 감돌았다. 어머니는 부엌에서 음식 준비를 하고 있었다. 나는 식탁에 놓인 음식 중 하나를 집어먹을까 하다 말았다. 내가 그저 음식을 물끄러미 쳐다보자 어머니가 말했다.

"예전처럼 많이 필요한 것도 아니고, 시장에 있는 걸 좀 사봤어. 근데 별로 맛이 없네." 나는 그럴 수 있다고 생각해 고개를 끄덕였다.

나는 음식을 올려놓은 제기를 모두 거실로 가져다 놓았다. 한 번에는 할 수 없었고, 여러 번 그 행동을 반복했다. 거실에는 제사에 쓸 나무 상이 펼쳐져 있었다. 상은 갈색으로, 부서진 한쪽 끝이 도드라져 보였다. 상 위에는 위패와 초가 얹어진 촛대, 누런 포가 제기 위에 놓여 있었다. 그리고 과일을 얹을 만한 크기의 네모난 제기 그릇들이 쌓여 있었다. 여러 번 옻칠을 해둔 나무 제기는 십 년도 넘은 것이었다. 나는 위패를 쓰는 방법도, 왜 포를 바라본 방향에서 좌측에 두는지 관심이 없다. 아직은 다 차려지지 않은 상이었지만, 나는 제사상의 차림이 올바른 것인지에 대해서도 한 번도 궁금한 적이 없었다.

아버지는 제기 그릇을 담아둔 상자에서 제기를 꺼낼 때마다 하나씩 정성스레 닦았다. 그것은 숟가락과 젓가락, 밥그릇처럼 생긴 둥그런 것이었다. 이제는 그 많은 친척이 찾아와 좁은 집을 점령하는 일도 없었다. 집은 몇 번 이사를 했고, 할머니와 할아버지, 증조부 두 분만 모시면 제사는 끝이 났다.

먼저 내가 잔에 술을 아주 조금 따랐다. 그러면 아버지는 무릎을 꿇은 채 '스톱'이라고 아주 작게 말했다. 아버지는 그 잔을 생쌀이 담긴 종기에 세 번 나누어 쏟아냈다. "넌 하는 거 아니야. 나만 하는 거야."라고 말하며 아버지가 먼저 차려진 상 앞에 한 번만 절을 했다. 나는 그 대사만 결코 수십 번을 들었다고 말할 수 있었다.

그다음은 늘 하던 대로였다. 나는 아버지를 따라 숟가락을 밥그릇 위에 두었다 다시 바닥에 내려놓았다. 아버지는 매번 똑같은 말만 했고, 나는 그저 시키는 대로 따라 도울 뿐이었다. 제사는 일 년에 한두 번뿐이었고, 수십 년을 반복된 일이 내게는 매번 익숙지 않게 느껴졌다. 나는 때에 따라 해야 할 행동을 즉흥적으로 취할 뿐이었고, 죽은 사람에게는 두 번 절을 하는 것만 알고 있었다.

'이제 이런 건 다 없어져야지.' 나는 첫 번째 절을 하고 올라오며 이 생각을 했다. 두 번째로 절을 하고 올라왔을 때, 나는 자신의 삶을 살고자 하는 사람의 태도를 떠올려보고 있었다. 제사 따위 없어져야 한다는 말을 입 밖으로 내뱉을 일은 없다고 생각했다. 할머니의 기일 날, 아버지가 술에 만취한 채 집으로 들어온 적이 있었다. "상사가 자꾸 술을 권하는데 거절할 수가 있어야지!" 아버지는 앞으로 고꾸라질 듯 제사상 앞에 절을 했다. 나는 그때 자꾸만 농담을 던지며 웃는 얼굴에 욕이라도 퍼붓고 싶은 심정이었지만 참았더랬다.

나는 부엌에서 어머니가 주는 대로 또다시 쟁반에 음식을 날랐다. 그릇에 음식을 담는 일을 나는 조금 서투르게 했다. 그것이 몇 명분인지도 잘 몰랐다. 밥그릇과 국그릇이 각자 두 개니 그러겠거니 할 뿐이었다. 누구에게 절을 하는지도 모르는 상황, 대신 나는 잘 차려진 상에 대고 절을 하는 것에 최대한 공을 들였다. 왠지 무엇이든 최선을 다하자는 생각에서였고, 어쨌든 스스로는 빨리 해치우자는 식으로 생각했다.

"증조부는 어차피 같이하면 돼."라는 아버지의 말은 왠지 혼잣말로 들렸다. 그래 봐야, 그러면 절을 아무리 여러 번 하더라도 15분 안으로 모든 것이 끝날 예정이었다. 술을 따르고 절을 몇 번 하는 것이 음식을 준비하는 일보다 적게 걸렸다. 나는 이러나저러나 빨리 끝내고자 뭐든 열심히 도왔다. 제사가 끝나면 둘러앉아 식사를 했으므로, 나는 곧바로 상을 치우는 일과 설거지도 도맡았다.

텔레비전을 틀자 명절 프로그램이 한창이었다.

"이야, 쟤는 뭐 병 걸렸다고 한동안 안 보이더니 살아났나 보네! 근데 이제 너무 늙었다." 고개를 돌린 아버지가 소리쳤다.

"그러게! 그래도 살 많이 뺐네. 예전엔 매일 고기만 먹는지 살이 이렇게 쪄서 다녔잖아. 건강 생각 안 하고 살면 저렇게 고생한다니까! 저렇게 안 되려면 평소에 항상 먹는 것에 신경을 써야 돼." 어머니가 가녀린 팔로 뚱뚱한 시늉을 해 보였다.

"나물도 같이 먹어. 육류만 먹으면 우리 몸에 노폐물이 쌓인다고, 특히 혈관에 지방이 쌓이면 고지혈증이나 각종 합병증에 걸릴 확률이 높아진다니까! 요새 젊은 사람들이 당뇨에 걸리는 일이 얼마나 많다고! 그런 사람들이 나중에 암에도 걸리는 거야!"

내가 제일 먼저 식사를 마쳤다. 나는 식기들을 부엌에 가져다 놓으려다 연신 코를 훌쩍였다.

"콧물이 많이 나니? 오늘은 집에서 좀 쉬지. 그러다 진짜 몸

져눕겠다." 어머니가 말했다. "항상 코가 막혀 있는데 무슨."

나는 이제 그런 말은 그냥 하는 것이라 여겼다.

"돈 넣었으니까 점심 꼭 사 먹으렴."

나가려던 내게 어머니가 말했다. 그리고 다시 말했다.

"다음 주 외할머니 생신 때 같이 점심 먹기로 했어. 알겠지?"
나는 "네." 하고 대답한 뒤 카페로 향했다. 나는 그러한 일들도
전부 해야만 하는 의무로서 여기고 있었다. 내가 돈을 받은 것
에는 그러한 이유도 포함되어 있다고 믿는 것이었다. 더군다나,
내게는 생일이라는 것이 아무 의미가 없는 것이었다. 매년 자
신이 태어난 날짜에 축하를 바란다는 것은 이상한 일이었다.

게다가 어느 새부터 우리 가족은 생일을 챙기는 일에 열을
올렸다. 몇 해 전부터였을 것이다. 생일 며칠 전에는 별말이 없
었다. 하지만 당일이 되자, 나는 마치 그들이 그것을 손꼽아 기
다렸다고 생각할 만한 인상을 받게 되는 것이다. 그것은 항상
화만 내던 사람이 주변 사람들에게 갑자기 친절해진 이후, 얼
마 지나지 않아 자신의 장례를 화장으로 해주길 바란다는 편
지를 읽도록 하는 것처럼 섬뜩하게 느껴졌다. 그보다 나는 화
가 더 많이 났다.

"생일인데 당연히 초 켜놓고 한 번 부는 거지. 넌 뭐가 그렇
게 싫다고 난리야."

나는 생일에 케이크를 사 오지 말라며, 초를 불기 전까지 성

질을 부렸다. 케이크를 집어 던지거나 소리를 지르고 싶다는 생각을 하느라 나는 오히려 이번 주 들어 가장 큰 괴로움을 느끼고 있는 듯했다. 모두가 축하 노래를 부르며 행복한 표정을 지었고 초를 끄라며 나를 격려했다. 그러면 나는 끝내 바람을 불어 초를 끄고 마는 것이었다.

누나가 제일 야단법석이었다. 나는 누나가 그토록 뭇매를 맞듯 아버지에게 매번 쓴소리를 들으며 아무 말도 하지 않는 것을 그저 지켜보았을 뿐이었다. "무슨 소리야! 생일인데 당연히 케이크는 해야지!" 그런데도 누나는 가족들 생일을 챙기는 일에 여간 적극적이어서 나를 놀라게 했다. 나는 생일에 가방을 선물로 주는 누나에게 커다란 고마움과 미안함을 동시에 느꼈다.

다른 사람 생일에는 아무 말도 못 하고 또 노래를 부르고 초를 켰다. 내가 좀 누그러진 것은 그 짧은 행사가 곧 끝나리라는 확신에서였다. 당황스러운 것은 초를 켜는 와중에 누나가 항상 성질을 부렸다는 사실이다. 그 모든 짜증은 언제나 어머니의 몫으로 보였다. 초가 다 켜지면 불을 끄고 언제 그랬냐는 듯 화목한 상태가 되었다. "생일인 사람이 케이크를 반으로 갈라야지!" 누나가 소리쳤다. 나는 정말 그것이 단 한 조각의 의미도 없다고 생각했다. 하지만 케이크는 내 돈으로 산 것도 아니었다. 내가 그 잠깐도 함께하지 못한다면 가족들은 나를 이상한 사람으로 볼 것이라고 생각했다. 그것은 어딜 가나 마찬가지 노릇이었을 것이다.

초는 당일 저녁에 켜지 않으면 아무 소용이 없었다. 그리고 그 주에 큰일이 아니고서야 우리는 외식을 했다. 나는 무언가 배불리 먹을 수 있다는 것 때문이라도 군말이 없었다. 식사할 때는 다들 별로 말이 없었다. 물론 필요한 말은 꼭 했다. 나는 그게 늘 있었던 일이라, 밥값이라도 해볼까 먼저 이런저런 이야기를 꺼내기도 했다. 나는 너무 많이 먹으면 책을 보는 데 방해가 된다고 생각했으나 마음처럼 잘되지 않았다. 옆 테이블에 가족들도 마찬가지라고 생각했다. 그들이 무슨 이야기를 하는지 관심이 없었지만, 끊임없이 말을 할 만큼 서로에 관해 관심이 있으리라 생각하지는 않았다. 다 그런 것이기 때문이다.

외식하는 날 나는 아침 일찍 카페에 가지 못했다. 카페를 하루에 두 번 갈 수는 없는 일이었다. 외식을 저녁에 하자고 말해봐야 소용이 없었다. 외식은 꼭 점심으로 해야 모든 것이 잘 들어맞았기 때문이다.

"몇 시에 가는데요?" 내가 거실에 나가 소리쳤다.

"지금 몇 시지? 1시 예약이지? 그러면 여기서 12시 45분쯤 출발하면 돼." 거실에서 텔레비전을 보던 아버지가 말했다.

"그럼 3시간 넘게 아무것도 안 하는 거네?" 내가 참던 화를 내뱉었다.

"넌 말을 무슨 그렇게 하냐? 네 할 일 하고 있으면 되잖아."

아버지가 인상을 팍 쓰고 내게 말했다.

"또 왜 그래, 나가려고? 네가 갑자기 말하는 걸 싫어하니까, 며칠 전부터 오늘 외식할 거라고 말해뒀잖니. 삼촌이랑 애들도 올 텐데 안 가려고?" 어머니가 거들었다. "네 방에 텔레비전이 없어서 그렇구나. 심심하면 여기 와서 텔레비전이라도 좀 봐."

나는 텔레비전이 한낱 신문쪼가리만큼 쓸데없는 것으로 생각했다.

"누가 텔레비전 보고 싶대? 왜 보지도 않던 텔레비전은 그렇게 봐?"

"요새는 건강에 관한 좋은 프로그램이 얼마나 많이 하는데."

나는 괜히 더 화를 내려다 말았다. "아니 그냥 궁금해서 물어본 거지." 나는 방으로 돌아왔다. 나는 정말 할 일이 없었기 때문에 또다시 핸드폰을 들여다보았다. 침대에 누워있던 나는 질리도록 들었던 철학자의 강의를 다시 들었다. 나는 책이라도 읽어보려다 곧 천장만 바라보고 누워있었다. 그것은 이해할 수 없는 일이었다. 어쩌면 내게는 알 수 없는 불안이 엄습해, 집에서는 책을 읽을 수 없게 하는 것도 같았다. 그러면 나는 적어도 오후 3시는 넘어야 카페에 갈 수 있을 노릇이었다. 공휴일날 카페는 사람이 넘쳐 내가 앉을 자리마저 오후가 되면 꽉 차버리는 것이다. 그렇게 억지로 카페에 가더라도, 속이 더부룩해 오히려 더 일찍 집으로 돌아왔다.

- 3 -

　해가 바뀌면 사람들은 즐거워했다. 나는 그것이 멍청한 짓이
라 생각했다. 그러나 나는 그것도 신경 쓸 겨를이 없었다. 언제
든 나는 카페에 갔다. 그러면 나에게는 그것이 한 번 더 명확하
게 느껴졌다. 한 커플은 몇 주 전부터 주말마다 내가 앉는 자
리 맞은편에 앉았다. 그들은 매번 싸운 듯 보였다. 주변이 시끄
러워 아무것도 들리지 않았다. 대부분 남자가 여자를 달래는
모습이 연속극처럼 내 눈에 띄었다. 싸운 이유가 매번 다르다
는 것은 변명의 여지가 될 수 없었다. 나는 그것을 지켜보는 일
이 또 너무 지긋지긋하다고 여겼다. 그들은 본격적으로 싸우거
나 풀어보려 애를 쓰며 시간을 보냈다. 그 전 이유는 일부러
만들었다는 생각까지 들었다. 그러면 하릴없이 거리를 쏘다니
지 않고 잠시 쉴 수 있을 것이기 때문이다.

　그렇게 뭐든 지나가면 결국 내 마음도 끝장날 것이라는 사실
을 잘 알고 있었다. 그래서 어쨌단 말인가? 나는 매일 카페에
가는 일을 게을리하지 않았다. 카페에 가지 못한 날, 그것은 어
쩌면 선을 택하지 못한 악으로도 보였다.

거기서 나는 부모님에게 드릴 편지도 썼다. 무슨 전쟁에 나갈 준비를 하듯, 말다툼할 때는 엉뚱한 말만 내뱉으며 싸워대기 바빴기 때문이다. 편지는 손으로 정성껏 썼는데, 그 일회성은 아무짝에도 쓸모없는 짓으로 보였다. 카페에는 손님이 줄을 설 정도였다. 내 눈에는 돈이 오가는 모습만이 적나라하게 펼쳐지고 있었다. 지폐가 아닌 것은 찢겨 마땅한 쓰레기가 아닌가? 그래도 나는 그 편지를 부모님께 보시라고 드렸다. 특별한 날이 아니고서야, 편지는 언제 썼든지 마찬가지였을 것이다. 내가 그 일을 후회하리라 여겨 쓴 것은 아니었다. 단지 그렇게 하고 싶었기 때문이었다.

'편지 잘 봤어. 요새 네가 행복해 보여.'

부모님과 나는 주로 문자로 의사소통을 하는 데 익숙했다. 나는 답장이 오면 열심히 쓰려는 노력도 최근 하고 있었다. 문자로 대화를 주고받기 시작한 것은 부모님의 노력 덕분, 작년에 내가 처음 아버지와 악을 쓰고 싸워댄 것은 그 문자 한 통 때문이었다.

'밥 잘 챙겨 먹고, 중간 밸브는 꼭 잠가야 한다.'

그때 아버지의 문자는 이렇게 하루에 몇 번, 매일 반복되고 있었다. 나는 그렇지 않아도, 뚝배기에 라면을 끓이고 밥까지 퍼서 먹을 예정이었다. 열기를 더 오래 유지할 수 있을까 하다 떠올린 기발한 생각이었다. 나는 끓어오르는 면발을 물끄러미 바라보고 있었고, 문득 더는 답장을 하고 싶지 않다고 생각했다.

'왜 답장을 하지 않니?' 처음에는 이렇게 문자가 왔다. 나는 좀 얼떨떨했다. 아무리 처음 보는 광경이라 한들, 나는 남들만큼 기뻐하지도 못하는 사람이었다. 그런데 나는 생전 처음 받아보는 문자 내용에 피가 솟구치는 기분을 느꼈다.

'네가 이러면 아빠를 더 화나게 하는 거야.'

'너 진짜 전화 안 받을래?' 전화는 수십 통이 걸려왔다.

"도대체 일을 나가서 뭘 하는데 날 이딴 식으로 괴롭혀대는 거야!" 내가 아무도 없는 집 안에서 소리를 지르기 시작한 것도 그때였다.

나는 아버지가 정확히 어떠한 일을 하는지 몰랐다. 나는 아버지가 집으로 돌아오면 인사를 할 뿐이다. 내가 무슨 일을 알게 되는 것은 아버지가 스스로 누군가에게 소리치듯 집 안을 떠들썩하게 만들 때뿐이었다. 아버지는 회사에서 싸운 듯, 전화로 그 사건은 일단 마무리가 된 듯했다. "아니 그 어린놈 새끼가 글쎄, 내가 한참 걸려 만들어놓은 걸 다 부숴놨지 뭐야? 그러더니 지가 그걸 똑같이 다시 만들고 있더라니까? 그래서 말다툼을 하다 내가 그놈 목을 좀 졸랐지." 나는 그런 쓸모없는 이야기에는 항상 관심이 없었다.

나는 끝내 전화를 받지 않았다. 대충 배를 채운 나는 일단 밖으로 뛰쳐나가 어머니에게 전화를 걸어 따졌는데, 도무지 영

문을 알 길이 없었기 때문이었다.

"미안해. 아마 이제 안 그러실 거야. 지금 여기 엄마 친구들이랑 있어서 잘 안 들리네. 이따가 다시 하면 안 될까?" 나는 이것저것 화를 억누를 길이 없어 길거리에서 소리를 치고 길길이 날뛰었다. "왜 자꾸 말하고 있는데 전활 끊어? 일도 못 하는 자식새끼가 욕하고 소릴 지르니까 상대하기도 싫어서?"

"우리 아들이 갑자기 왜 이럴까?"

나는 더 참을 수가 없어, 어머니에게는 듣기도 싫으니 부르지 못하는 노래를 다신 부르지 말라며 소리를 질렀다. "그래, 알겠어. 듣기가 싫었던 모양이구나. 다시는 네가 있는 데서 노래 부르지 않을게." 나는 결국 화를 풀지 못한 채 전화를 끊었다.

취업 준비에 한창이었던 친구가 아르바이트하러 가기 전 카페에서 이력서를 쓰고 있었다. 일주일에 댓 번 술을 마시는 일도 이제 뜸한 터였다.

"밥벌레가 무슨 걱정이 있다고." 친구가 나를 한심한 듯 쳐다보며 말했다.

"나도 내가 왜 이러는지 모르겠어. 계속 전화가 오는 걸 보고 있으려니 미쳐버릴 것 같은데."

"그냥 받으면 되지. 그럴 시간에 이력서나 쓰시지."

"전화가 울리지 않아. 이미 집에 왔다는 소리거든."

기분 때문인지 나는 배도 고프지 않았다. 나는 어둑해진 저

녁을 뒤로하고 정처 없이 떠돌고 있는 사람들을 묵묵히 바라보
았다.

"모텔에 가본 적이 딱 한 번 있지, 하루 정돈 묵을 돈도 있잖
아? 나는 거기서 혼자 치킨 한 마리도 처음으로 혼자서 먹을
수도 있을 텐데."

하지만 나는 곧 집으로 향했다.

"가출도 마음대로 못 하다니 정말 비참하군. 하지만 이러다
죽을지도 몰라." 그때 나는, 밖에 나다니는 나 자신을 상상할
수도 없어 집으로 발길을 돌렸던 것이지만, 이제와는 다른 내
가 되어야만 한다는 생각, 나는 그게 무엇인지도 잘 모르면서,
이전처럼 죄를 뉘우칠 일은 없으며, 절대 똑같은 인간으로 아
버지 앞에 서지 않겠다고 다짐했다.

현관에 들어서자, 아버지가 근엄한 표정으로 텔레비전을 보
고 있었다. 나는 아버지 앞에 서서, 그 망할 문자를 다신 보내
지 말라며 소리를 질러댔다.

"종일 집에만 박혀있는 자식새끼가 왜 걱정이 되느냔 말이
야!"

그때 나는, 내가 어디도 가지 않을 것이라는 확신을 다른 이
들에게 심어주었다는 사실을 깨달았다. 막상 돌아와 내가 없
자, 아버지는 더는 내게 전화를 걸 필요가 없다는 것을 깨달은
것이다. 당연히 답장하고 전화를 받아야 했을 나는 그저 '네.'

라는 대답보다는, '네, 알겠어요. 아버지도 점심 잘 챙겨 드세요.'라고 말했어야 했던 것이다.

나는 다음 날에도 아버지와 말다툼을 했다. 그런데 아버지는 술을 마셔서 어제의 일이 잘 기억이 나지 않는다고 말했었다. 아버지는 대화 따위에 관심도 없었고, 나 또한 이런 싸움에는 질 수 없다고 생각했다. 나는 아버지에게 문자를 보내는 이유에 대해서 끈질기게 물어댔지만, 아버지는 영 딴소리만 해대는 것이었다.

"세상 어떤 부모가 자식 걱정이 된다고 전화를 수십 통을 하고 화까지 내느냐 말이야! 진짜 이유를 말하라고! 내가 미쳐버리겠으니까!"

계속 불필요한 말들이 오갔다.

"평생 말 잘 듣던 애가 갑자기 말을 듣지 않아서?" 내가 소리쳤다.

"그래! 맞다! 이상했던 거야! 갑자기 답장을 잘하던 애가 답장을 하지 않으니까, 어? 얘가 아빠를 무시하나? 그런 생각이 들었던 거지! 그래! 그거야!" 아버지는 그렇게 말하는 것이었다.

나는 바닥에 침을 흘리고 옷소매로 코를 풀어가며 서럽게 울었다. 그러면서도 나는 동물 보듯 나를 보는 아버지의 눈을 피하지 않았다. 그날 나는, 내가 낙타였다는 사실을 깨달아버렸던 것이다. 아버지에게 죄송하다는 말을 해야 했을 나는, 오히려 두 손을 비벼대며, 제발 끼니를 챙겨 먹으라는 문자를 보내지 말라고 아버지에게 호소하듯 사정까지 하기에 이르렀다. 내 행동에 물음표가 달린 것은 아버지도 마찬가지였다. 나는 끝까지 그 이유를 묻는 아버지에게 계속해서 막무가내로 소리치며 눈물을 흘렸다.

나는 결국 새벽에 아버지와 함께 응급실에 가야 할 정도였다. 편도가 붓는 것 따위는 비할 바 없는 이유가 더 있었던 모양이었다. 그때 내가 얻은 것이라곤, 다르게 살아야 한다는 생각뿐이었다.


더 큰 문제는 내가 카페에 있을 때 떠오르곤 했다. 나는 자꾸 예전 일을 떠올리는 습관 때문에 책에 집중할 수 없었다. 나는 밥벌레 말고, 망각에 힘 따위 없는 불행한 인간이라는 말과 비슷한 별명을 스스로 붙여주었다.

"정말 미칠 노릇이지, 나는 한평생 그 누구보다 중간 밸브와 현관문을 잠갔는지 확인하는 일에 안절부절못했던 인간이니까."

나는 하나씩 고치려 노력하고 있었다. 부모님과 사이도 나아지길 바라고 있던 나는 최근 사소한 것이라도 뭐든 잘해보려고 했다.

하지만 아버지와 말다툼은 자주 벌어졌다. 말다툼이 일어난 다음 날은 별로 책을 읽지 못했다. 나는 또다시 벌어진 어제의 말다툼이 자세히 기억이 나지 않았고, 몇 가지 의문만 커진 상태였다. 나는 아버지가 제멋대로인 사람, 비겁한 사람이라고 생각했다.

아버지는 집으로 돌아온 내게 요즘 책을 보며 지내냐고 물었고, 나는 그것이 곧 무슨 의미인지를 읽어낸 듯, "왜? 좀 보면 안 돼?"라고 따졌더랬다. 나는 아버지에게 "매일 그 망할 텔레비전이나 보니까 그렇지."라거나 "아무 관심도 없으면서 제발 있는 척 거짓말 좀 하지 마!"라고 말한 것도 기억났다.

결국 아버지가 내게 말하려던 것은 운전면허를 왜 아직 따지 않느냐는 것이었다. 그것보다 아버지는 조금 더 나를 타이르듯 "이제 운전면허를 준비하는 것이 어떠니?"라고 물었다.

"근데 책 보냐는 말은 왜 해?" 내가 물었다.

"네가 요새 책을 좀 열심히 보는 것 같아서 그렇지."

나는 아버지와 대화를 나누고 싶지 않았고, 아버지도 결국 내게 소리를 질렀다. 나는 아버지가 당장 무엇을 자신의 앞에 내놓고자 하는지를 알 수 있었다. 하지만 내게는 책 보는 일보다 중요한 것이 없다는 말은 하지 못했다.

"그렇게 당장 돈이 필요해? 돈 벌어오겠다니까! 밥만 축내는 자식새끼라 정말 미안하네! 근데 나는 그 망할 좋은 회사도 못 다니고 돈도 많이 못 벌어다 줘!" 나는 그저 말을 듣고만 있는 것도 할 수 없는 처지로, 아버지가 말을 끝내기도 전 먼저 소리를 질렀다. "솔직하게 말해! 그게 차라리 더 나으니까!" 그러면 아버지는 "그런 게 아니야."라고만 하는 것이다.

나는 아버지의 지난 태도를 까 내리듯 반복했다. 그러면 아버지는 "내가 언제 그랬어?"라는 말만 했다. "그럼 내가 미쳐서 거짓말하는 건가? 난 거짓말 안 해!" 나는 아버지가 나를 정신병원에 보내야 한다고 말한 것도 생각났다. 그러면 나는 내 생각이 점차 코가 꿰이듯 하나씩 맞아 떨어져 가는 것을 느꼈다.

나는 언제나 그렇듯 말싸움을 할 때면 치솟는 화를 참을 수가 없었다. 가족들이 날 부끄러워한다는 생각이 들면 나의 분노는 곧 다른 이들을 깎아내리는 데 일조했다.

"그건 네 자격지심이지!" 어머니가 내 말을 지적했다. 나는 다른 사람들을 원망할 수밖에 없는 처지로만 보였나 보다.

"그래, 네 말을 이해할 순 없지만, 면허가 따기 싫다면 따지 마. 그럼 네 말대로 운전 안 하고 할 수 있는 일은 하겠다는 거야?"

나는 곧 일을 알아보겠다는 말을 하고 나서야 아버지의 손아귀에서 벗어날 수 있었다.

하지만 아버지는 나와 말다툼이 끝나고도 간혹 내 방으로 들이닥쳐 마저 이야기를 꺼냈다. 말다툼은 오직 처음과 끝만 그 이유가 명확한 듯했다.

"넌 왜 자꾸 남자 놈이 말만 하면 우는 거냐?"

"이게 대화야?" 나는 언제든 눈물을 참지 못했고, 아버지에게 물었더랬다.

"그럼 이게 대화지. 그래서 언제 손자 보게 해주려고?" 아버지가 웃으며 대답했다. 나는 여전히 눈물을 머금은 채, 어찌할 도리가 없어 차마 죽어버리고 싶은 심정이었다.

나는 당연히 해야 했을 일들에 신물이 났다. 나는 외식을 하지 않겠다고 떼를 쓰기도 했다.

"회갑 잔치 대신 밥 한번 먹자는 게 그렇게 어려운 일이냐? 네가 제일 나서서 챙겨주지는 못할망정, 1년에 한 번 같이 밥 먹는 것도 부모한테 못 해줄 일이냐?" 아버지는 차마 나를 때리지 못했고 발바닥으로 답답한 듯 내 다리만 툭툭 쳐댔다.

"예전 같았으면 벌써 네 귀싸대기 쳐서 바깥으로 내쫓았어."

나는 화를 내고 소리를 질러야 그런 속내도 조금은 들을 수 있었다. 그 전, 나는 할아버지의 뜻을 따르고자 결혼을 했다는 아버지의 말도 듣기 위해 망설임이 없었다. 그래야만 했기 때문이다. 나는 일 년에 한 번이 아니라, 수없이 많은 의미들로 점철된 일들에 방해를 받고 있었다. 어쩔 수 없이 밥을 먹느라, 되지 못한 소화는 온종일 나를 괴롭혔다.

싸우고 나면 곧바로 화해하는 것 또한 내 머리로는 풀 수 없을 수학처럼 여겨졌다. 그럴수록, 내가 차마 뛰쳐나가 혼자가 될 수 없는 것은 나를 방 안에만 꼼짝 못 하게 가두는 사슬처럼 치명적인 것으로 느껴졌다. 나는 대학 졸업장을 두 개나 따고도, 당장에 돈을 벌어들일 직업도 없는 패배자였기 때문이다.

어느 날 아버지는 나와 목욕탕을 가자고 말했다. 그것이 화해의 제스처인지 알 길이 없었다. 어릴 적 나는 목욕탕을 가는 일이 가장 괴로울 뿐이었고, 20살이 지나 아버지와 함께 목욕탕을 가본 적은 없었다. 언제나 목욕탕은 아버지가 나를 억지로 데려가는 곳이라 여길 뿐이었는데, 마치 그것이 부탁하는 말로도 들렸다. 나는 또다시 따져 드는 일도 지쳤고, 당장에 소리를 지를 힘도 없었다. 정말이지 지긋지긋할 노릇이었다.

동네 목욕탕은 소규모에 허름한 곳이었다. 온탕은 두 사람이 들어가자 꽉 찼고 물이 바깥으로 넘쳐흘렀다. 목욕탕 천장만 보던 나는 어릴 적 다녔던 목욕탕 크기와 들어선 탕을 비교하며 이야기를 꺼냈다. 별다른 할 말이 없었던 것이다. 우리는 서로 등만 밀었고 때는 각자 밀었을 뿐 별말이 없었다.

그것 말고 기억나는 것은 온탕 한쪽에서 자고 있던 할아버지였다. 할아버지는 바닥에 모로 누워 죽은 듯 잠을 자고 있었다. 마치 앉을 자리를 찾던 중 그대로 쓰러진 사람처럼 보였다. 그곳은 아버지와 내가 씻는 소리만 들렸다. 할아버지의 부른 배가 오르락내리락했고, 표정은 아기처럼 평온했다. 할아버지는 대머리에 젖은 옆머리가 팔다리처럼 얽히고설킨 상태였다. 바로 옆 하수구로는 땟국물이 경사진 면을 타고 이리저리 흐르고 있었다.

내가 여태껏 못했다고 여기는 일을 하자, 내가 그 고물을 상대하는 일도 없어졌다. 아버지는 자동차에 달아두는 작은 기계를 내게 맡기곤 했다. 학창시절부터 나는 아버지가 건네는 복권의 번호를 맞춰보거나 그 고물을 도맡아 온 터였다. 전국에 달린 감시카메라의 위치를 알려주는 기계였다. 매번 컴퓨터에 연결해 업데이트를 해주어야만 새로 생긴 감시카메라의 위치도 알 수 있었다. "새로 생긴 곳이 어딘지 종이로 좀 뽑아서 갖다 주렴." "다 됐니? 한 시간이 지났는데 아직도 안 됐어?" 아버지는 나에게 그 기계를 맡겨놓고 끝날 때까지 내 이름을 부르곤 했다. 나는 아버지가 금방이라도 화를 낼 것이라는 사실 때문에 미칠 노릇이었다. 아버지는 마치 떼를 쓰는 아이처럼 굴었다. 나는 죽어서도 가지 못할 곳에 있는 감시카메라의 위치까지 알고 싶어 하는 아버지의 태도를 이해할 수 없어, 기계를 내버려 둔 채 창문 밖으로 뛰어내리고 싶은 심정이었다. 기계에 연결하는 선조차 내 말을 듣지 않아, 나는 알아듣지도 못할 욕을 속으로만 내뱉기도 했다. 한 번은 울며 내가 아버지에게 화를 낸 적도 있었지만, 그 후에도 기계는 오직 나만 만질 수 있는 것으로 보였다.

아버지와 다툼이 잦은 후, 나는 처음 보는 듯 기계를 물끄러미 바라보았다. 나는 그 일도 이제 뒤섞인 감정으로 해내기로 마음먹은 터였다. 내게 그 고물이 떠맡겨지고 채 몇 분이 지나지 않아, 아버지가 내 방으로 들어왔다.

"어디 잘 돼가나 같이 한 번 볼까?" 아버지는 언제나 그렇듯, 안경을 벗고 모니터 속으로 들어갈 듯했다. 나는 그 주름과 굳은 듯 험상궂은 인상을 생전 처음 가까이서 본 듯했다.

나는 그때 또다시 참지 못하고 폭발했다. 나는 아버지에게 재촉하지 말라며 소리를 질렀다. "또 뭐가 문젠데?" 아버지는 어처구니가 없는 표정이었다. 10년이 넘어서야, 나는 그 고물이 더는 나와 상관이 없음을 못 박았다.

나는 그때 좀 충격을 받았는데, 내가 아버지에게 그렇게 말하지만 않았어도 나는 좀 괜찮았을 것이다. "내가 그 고물 때문에 평생이 괴로웠다니까! 그러니까 지금 보는 앞에서 부숴줬으면 좋겠다고!" 내가 그렇게 말하자, 아버지가 환하게 웃는 것이었다. 그 표정은 고모와 너무도 닮아, 나는 전혀 딴사람을 앞에 둔 것만 같았다. 웃음은 곧 화해의 제스처였다. "아무리 그렇다고 이걸 부수라고 하는 건 좀 너무하잖니." 아버지가 말했다. "내가 이렇게 부탁을 하는데 고작 그 쓰레기 하나를 못 부숴주겠다는 거야?" 아버지는 더는 내게 그 고물을 만지게 할 일은 없을 것이라 말했다. "그 말 후회하지 마." 내가 말했다. 아버지는 때가 낀 손바닥만 한 고물을 가지고 조용히 자기 자리로 돌아갔다. 나는 섬광 같은 생각들이 직접 눈앞에서 현실로 발현되는 과정을 바라보며, 마땅히 해나가야 할 일들에 대한 괴로움에 치를 떨 힘조차 느끼지 못했다.

내 속은 썩은 듯했다. 나는 이유 모를 소화불량에 몇 달째 시달리고 있었다. 아무것도 먹지 않았지만, 복통이 일었다. 책을 너무 많이 봤다는 생각도 들었다. 하지만 나는 부모가 살아온 삶을 반복하고 싶지 않았다.

어머니에게 왜 아무 노력도 하지 않았느냐는 말을 하지 말았어야 했다고 후회했다. "그때는 능력이 없었지." 어머니가 그렇게 말한 것이 바로 어제였다. 그렇게 말하는 것은 습관과도 같은 삶에서 우러나온 것이라 생각했다.

나는 불편한 마음을 없애고자 어머니에게 문자를 했다.

'괜찮아. 가족이 다 그런 거지. 언제 오니? 배고플 텐데 와서 저녁 먹어.'

'다리는 좀 어때요?'

'이제 멀쩡해. 걷는 것도 예전처럼 하고 계단 오르는 것도 문제없어. 이따가 엄마가 부탁한 것 좀 해줄 수 있지?'

나는 집으로 돌아와 설거지하고, 어머니가 부탁한 반주를 CD로 만들어주었다. 그것들이 내가 할 수 있는 유일한 노동으로 느껴졌다.

"고마워. 네 덕분에 연습하기가 얼마나 편한지 몰라. 다음 주에 녹음실에서 녹음하기로 했거든. 그럼 일단 주변에 CD부터 돌려야지."

"요새 노래 연습은 잘돼?"

"그럼! 든든한 매니저가 여기 있는데 당연하지! 네가 엄마 노래 잘하게 도와주려고 이렇게 장비까지 다 사뒀나 보다. 너도 노래 열심히 연습해봐. 그런 재주 하나 있으면 어디 가서 돋보일 수 있잖아."

"몰랐어? 난 어릴 때부터 노래 부르는 거 좋아했어. 나한테 관심이 있었어야지."

어머니가 조금 미안해하는 모습 때문에 나는 또 말을 스스로 막았다.

"이제는 노래 안 해. 책 보기도 바빠." 내가 말했다.

"책은 갑자기 왜 보는데?"

나는 그것이 순전히 우연이라고, 설명할 수 없는 일이라 입을 다물었다.

"엄마는 나 어릴 때 그렇게 책만 보더니, 왜 이제는 건강에 관한 책도 안 봐? 그때는 도서관도 억지로 데려갔잖아. 난 그때 식당에서 먹는 컵라면에나 관심이 있었지, 책에는 관심도 없었어. 서예도 배우고 일본어도 배웠잖아. 그런 건 이제 안 해?"

내가 어릴 적, 어머니의 얼굴은 벽지처럼 누렇게 떠 있었다.

어머니는 내게 밤마다 책을 읽어주곤 했다. 그리고 유난히 그러한 책 읽기는 열정적인 것이었다. 나는 기다란 그림자를 보고 전혀 다른 것을 떠올리는 것에 재미를 붙일 나이라, 어머니의 행동이 전혀 다른 것으로 보였다. 나는 어머니가 침을 언제 삼키는지를 유심히 지켜보기도 했다. 어머니는 분명 무엇인가를 잊고 싶어 하는 것 같았다.

나는 어머니의 기분이 의료사고가 났던 때보다 더 나아졌다고 여기고 있었다. 나는 그때 얼마나 멍청했는지, 의사의 멱살을 잡아 화도 한 번 내지 못한 것을 후회하고 있었다. 어머니는 전통무용 경연에는 이제 나가지 않았지만, 노랫소리는 더 크게 매일 집 안에 울려 퍼지고 있었다.

"노래 악보를 보고 해야 정확한 음정으로 연습할 수 있다는데!" "남자 노래라서 그런데 엄마 키에 맞춰서 반주를 만들어 줄 수는 없을까?"

나는 그러한 일도 이제 귀찮아하지 않았다. 어머니가 무척 즐거워 보였기 때문이다. 아무것도 쓰지 않은 날보다, 세 페이지를 채웠을 때의 기쁨은, 내게 언제든 반복할 만한 일을 또다시 할 힘을 주는 듯했다. 그러자 어머니가 내게 행복해 보인다고 말했을 때 어떤 느낌이었을지, 나는 어머니의 심정도 언뜻 알게 된 것 같았다.

어머니는 매번 노래 대회를 찾아다녔다. 어머니는 나이보다 더 젊어 보였고 아름다웠다. 어머니는 전통무용 의상을 그대로 입은 채 집으로 돌아왔다.

"거기 사람이 얼마나 많던지! 제대로 보여주지도 못했는데 글쎄 '잘 들었습니다.' 하고 그냥 보내더라니까!"

"원래 그런 데는 사람들 관심 끌 만한 애들만 합격시키니까, 아무리 잘 불러도 방송 타기 어려워요. 그런 곳은 급이 낮아서 엄마랑 안 어울려, 더 좋은 데 나가야지."

"그렇지? 그래! 네 말이 백번 맞다!"

폭설이 내리던 날, 고속버스를 타고 멀리 지방까지 내려갔던 어머니는 밤늦은 시간이 되어서야 집으로 돌아왔다. 나는 함께 가자던 어머니의 부탁을 거절한 것이 마음에 걸렸다.

"어땠어요? 잘 불렀어요?" 내가 물었다.

"그럼! 거기까지 갔는데, 장려상 하나는 받았지! 어머니는 옷도 갈아입지 않은 채 소리쳤고, 상패를 내보이며 자랑스러워했다.

"근데 보는 사람이 워낙 많아서 좀 떨리더라고! 그래도 실수 한 번 안 하고 잘 불렀지. 가수가 그런 무대를 두려워해서야 되겠어?"

코 수술을 하겠다는 어머니를 막지 못했던 것도, 어머니가 마치 그 오랜 세월 동안 그러한 일들을 꿈꿔왔다는 생각 때문이었다.

'어릴 때는 노래가 부르고 싶으니까, 구멍이 뚫린 문풍지에

입을 대고 후후 바람을 불면서 노래를 불렀더랬지.' 나는 어제 일도 잘 기억 못 하면서, 용케 그러한 말들이 떠오르자 슬픈 생각이 드는 것이었다. 어머니는 자신이 나온 텔레비전 화면을 녹화해 몇 번이고 돌려보며 즐거워했다. 나는 어머니가 부른 노래를 파일로 만들어 여러 사람에게 보내는 일을 도왔다. 나는 그럴 때마다 어머니에게 노래를 절대 부르지 말라며 소리를 질렀던 때가 떠올랐다.

어머니의 노래 실력은 부족했다. 오래된 습관 때문이었다. 아무리 연습해도 바뀌지 않을 것은 뻔했다. 나는 한 달간 노래학원에서 배웠던 호흡법이라든지, 어머니가 전혀 하지 못하는 바이브레이션에 관한 연습 방법을 조금이라도 이야기해 주려 했다. 나는 최대한 노력했지만, 조금 말을 아끼는 듯 자신을 느끼고 있었다.

"아휴! 이제야 좀 노래하는 방법을 알겠네, 그전에는 다 헛짓거리였지! 우리 아들 덕분에 진짜 가수 되면 어쩌나!" "이제 안 할 거야. 이번 녹음까지만 하면 이제 이런 거 안 해." 내가 이러한 말들을 동시에 들은 것은 오늘이 처음이 아니었다.

그 후 나는 무언가 확신에 차서, 또다시 자그마한 친절이라도 베풀고자 했다. 억지로 하는 것에 진절머리가 날 정도였지만, 한동안 나는 또 예전 모습으로 돌아간 듯 조용히 살았다. 하지만 소화불량은 계속되었고, 나는 무슨 고집인지 약도 먹으러 하지 않았다.

"고통은 분명 내게 무엇인가를 주기 위해서만 존재하기 때문이지."

반면 나조차 내 모습에 애써 명확한 태도를 부여하지 못해 좀 헤매고 있었다. 돈을 벌지 못했던 나는 집에서는 오직 설거지라도 해야겠다고, 좀 그렇게 한다고 한들 나쁠 것은 없다고 여기며 괴로움을 버티고 있었다. 어머니가 지하철을 타기 전 떨어진 단추 때문에 동창회 가기를 포기했다는 것, 나는 이제 그것과는 먼 사람이었다. 내가 그토록 무엇인가를 증오하게 되었다면, 지금 생활에 변화를 주어야 했을 터였다. 하지만 나는 또다시 혼자 살 집 좀 구해달라며 철없는 소릴 했을 뿐이었다. 나는 터무니없는 집값이라, 그것이 얼만지도 모르면서 되는 대로 지껄였다. 그러면 아버지는 돈이 전혀 없다고 말했다. "사업해서 몽땅 날려 먹을 돈은 있고?" 나는 그런 말이 얼마나 상처를 줄 수 있는지를 잘 알면서도, 일단 내가 살고 봐야겠다는 이기적인 마음뿐이었다.

최근 나는 다행히 가족의 관심에서 멀어져 있었다. 다음 달에는 누나가 결혼을 할 예정이었기 때문이다. 다행인지 불행인지, 나는 가야만 한다고 여겼을 먼 친척의 결혼식에도 가지 않을 수 있었다. 내 기분은 혼자 있을 때 가장 높은 고도 위에 오른 듯했다. 나는 최대한 아낀 에너지를 책을 보는 데 쏟아붓고 있었다.

"결혼이 한참 남았는데 벌써 혼수를 준비해?" 아버지가 무슨 일인지 궁금해 방 안에 들이닥치며 소리쳤다.

"미리 해놔야 신혼여행 갈 곳도 알아볼 수 있어요. 예식장도 결국 원하는 곳 말고 다른 곳으로 했다니까! 얼마나 예약이 밀렸는지, 하마터면 결혼을 미룰 뻔했어! 뭐 그래도 예식장이 예쁘니까 나름 만족." 누나가 말했다.

누나는 어머니와 함께 셀 수도 없는 청첩장을 하나씩 정성스럽게 포장하고 있었다. 그것들은 디자인부터 심혈을 기울여 정한 것이고 화려하고 값비싸 보였다. 글귀부터 정성껏 쓰인 사람들의 이름은 정해진 날짜에 도심 한복판에 자리한 예식장의 위치를 향하고 있었다.

"이것도 다 미리 보내놔야지, 안 그러면 친척들만 데리고 결혼식 하게 생겼어!" 모두가 누나를 위해 축하를 해줄 터였다. 어머니도 다른 때보다 누나의 투정을 어려움 없이 받아내는 듯했다. 누나가 청첩장의 디자인이 마음에 들지 않는다며 다시 짜증을 부렸기 때문이다.

나는 누나에게 그저 편지 하나를 주었을 뿐이었다. 나는 이미 그것이 도대체 아무 가치가 없다고 여겨 쓰지 않을 뻔도 했다. 누나는 이미 살 집도 마련해둘 정도로 괜찮은 남자, 한없이 착하게만 보이는 남편도 얻었는데, 나는 미안하다는 말도 편지에 적지 못했다. 나는 아마 그 이후에도 누나에게 이렇다 할 선물도 못줄 처지였다.

집안은 이러한 분위기가 예전보다 더 길게 감돌고 있는 듯했다. 오직 나만이 그것을 어제와 별로 다르지 않은 것으로 느끼는 듯했다.

"너도 앞으로 쓸 일이 많을 텐데 양복 하나 새로 있어야지. 살이 빠져서 입던 건 맞지도 않네." 나도 집안의 큰 행사에 맞춰 옷 정도는 갖춰야 했기에, 결국 어머니를 따라 백화점을 가기도 했다. 나는 그것도 몇 번을 거절했지만, 또 결국 여러 번 옷을 갈아입는 일과 마음에 든다는 말을 해야 할 뿐이었다.

"아휴! 이제 좀 사람이 달라 보이네. 다리도 엄청나게 길어 보이고! 그 구멍 난 신발 좀 제발 버리고 새로 하나 사!"

"옷은 전혀 중요치 않아." 나는 거울을 바라보며, 더는 예전으로 돌아갈 수 없음을 확신했다. 내가 하는 것은 땅에 떨어진 동전이나 줍는 것이었고, 양복이란 것은 여러모로 여전히 내 마음을 불편하게 했다.

"전 어차피 카페 갈 거예요. 양복은 나중에 찾아오면 되죠?"

"온 김에 엄마랑 네 여름 바지 하나 사자! 아니면 엄마가 하나 사다 놓을 테니까 이따가 집에 가서 입어 봐. 꼬질꼬질하게 다니면 여자들이 싫어해."

"그런 거 필요 없다니까! 엄마가 사 오는 건 죄다 마음에 안

드니까 제발 사 오지 마세요."

나는 횡단보도 앞에 서 있었다. 그것은 달리 방법이 없었지만, 왠지 즐겁게도 느껴졌다. 지하철을 떠받친 다리 아래에 늘어선 차들이 간혹 반사판처럼 빛을 뿜어대고 있었다. 차 색깔과 별개로, 그것은 온통 햇빛을 닮아 있어 내 눈을 부시게 만들었다.

"통장에 있는 돈이면 앞으로 얼마나 카페를 갈 수 있지?" 나는 그러다 어릴 적 보았던 쌀통을 떠올렸다. 나는 흥미로운 것을 찾지 못해 실망한 척, 그곳을 떠나 익숙한 반대편 베란다까지 단숨에 달려가곤 했다. 어제와 비슷한 것은 당찬 발걸음과 무거운 가방이었고, 내 가방은 결코 요란한 소리를 내는 법이 없었다. 주변도 둘러보지 않고 내가 앉을 자리까지 곧장 내달렸다. 내 가방에는 좋아하는 철학자의 사상을 차이에 대한 심도 있는 해석으로 풀어낸 책이 들어 있었다.

그 자리에 누군가 앉아 있는 것이 전혀 놀랄 만한 일은 아니었다. 나는 그저 조금 당황했다. 그녀는 일을 시작하기 전이거나 끝났음이 분명했다. 나는 그녀를 몇 년 전부터 보아온 터였다. 그녀는 믿지 못할 만큼 긴 생머리를 가지고 있었다. 카페 조명과 흡사한 오렌지빛으로, 허리까지 내려온 머리는 찰랑대며 윤기가 흘러 나를 자극하는 유일한 것이었다. 그녀의 작은 눈과 낮은 코는 상관이 없었던 것이고, 새하얀 피부도 마찬가지였다. 나는 그녀를 예전과 달리 느끼지 못하고 있었다. 그녀는 미동도 하지 않은 채 핸드폰을 들여다보고 있었다. 그녀는 사복 차림으로 외투도 벗지 않은 상태였다.

책장에 그대로 등을 기댄 채 활처럼 굽어진 자세는 여간 불편해 보였다. 아무 틈도 보이지 않으려는 듯, 그녀의 시선과 바닥 사이에는 책을 가져다 놓아도 이상할 것이 없어 보였다. 그녀가 마치 시위라도 하는 듯했다. 나는 곧 조금 떨어진 자리에 앉았다. 나는 책 속에 내용을 온전히 꿰뚫는 생각을 만들어내기 위해, 먼저 자신을 활짝 펴 모든 내용을 받아들이려 애를 쓰는 것이었다.

그런 내게 말을 걸었던 여자들이 있었다. 처음에 거절하려 했으나, 사람이라곤 나 혼자뿐인 카페에 들어와 인터뷰를 한다는 것에 나는 몇 가지 대답을 해주려고 했다. 하지만 나는, 행복이란 무엇인가에 대해 이렇다 할 대답을 하지 못했다.

"좀 걱정되지 않으세요?"

나는 마치 심문을 받거나 바람직한 대답만 해야만 하는 상황에 놓인 기분을 느꼈다. 당연히 걱정된다고 말하는 것이 행복에 대해 취해야 할 태도처럼 느껴졌다.

"물론 걱정이 되는데요. 지금 당장은 이게 더 중요해서요."

그들에게 나는 곧 어떠한 흥미도 느끼지 못했다. 반면 그들은 내가 흥미로운 듯, 나중에 따로 조금 더 자세하게 인터뷰를 하고 싶다고 말했다. 그때야 내가 다시 흥미를 느낄 수도 있었던 것이, 나는 어디라도 내 생각을 좀 말하고 싶었나 보다. 그들이 내 전화번호를 받아가고 얼마 지나지 않아, 나는 아침 일찍 사 다 놓은 책을 또 언제 읽을 수 있을지를 떠올리고 있었다.

"미쳤다는 생각을 해야 나는 책도 보고 온전한 생각도 계속 할 수 있지. 행복이란 것이 대체 무슨 소용이지? 내가 요새 떠 올리는 건 대부분 죽고 싶다는 생각뿐인데. 나는 그런 생각이 라도 해야 잠도 자고, 내일 또다시 여기 올 수 있거든."

한 달의 시간은 짧았다. 나는 새로 산 양복에 함께 구매한 넥타이를 맸다. 매는 방법에 대해서는 전날 밤 여러 번 연습을 했던 터였다.

주말이라 도로에는 차들이 많았다. 오랜만에 양복을 차려입 은 아버지는 앞에 차에 욕을 퍼붓고 있었다. 어머니는 가장 예 쁘게 꾸민 채 하염없이 거울을 들여다보았다.

"도착하면 우리도 메이크업을 해줄 거야. 세상에, 그 얼굴 좀 펴! 신부 아버지가 무슨 표정이 저러냐면서 사람들이 욕하겠 네." 어머니가 말했다.

나는 오늘 일도 무사히 치를 수 있다고 며칠 전부터 다짐한 터였다. 가장 기다란 수고를 해야 한다는 생각에 나는 몇 주 전부터 괴로움을 느끼고 있었다. 나는 책을 읽던 도중 누나의 결혼식이 아직도 한참 남았다는 사실을 느껴야만 했다. 그러면 온 신경이 곤두서 책을 읽지 못했다. 당일 무슨 일이라도 있다면 나는 앉은 곳에서 거의 책을 읽지 못했다. 입대하기 한 달 전에는 이렇지 않았다고 생각했다. 나는 그때 그저 빨리 다녀오고 싶다는 생각뿐이었다. 다녀오면 내게는 더는 거추장스러운 국가의 부름 따위가 일 년에 한두 번뿐일 테니까.

나는 분장실에서 화장을 받았다. 나는 홀로 화장실에서 내 모습을 비춰보았다. 결국 일어날 일들이 꿈이 아니라는 사실을 받아들였다. 그리고는 신부대기실로 갔다. 누나는 어깨가 드러난 화려한 드레스를 입고 앉아 있었다. 살을 많이 빼느라 움푹 들어간 쇄골이 더욱 도드라져 보였다.

누나에게는 자신의 치아 색깔 말고도 걱정할 게 한둘이 아니었다. 나는 "다 괜찮다."라고 말하며 긴장한 누나에게 이런저런 말도 걸었다. 함께 사진을 찍는 일도, 나는 한 번도 마음 놓고 웃어본 적이 없다고 생각했다. 누나가 나에게 체중 관리를 하라는 말을 했던 적이 있었다. 나는 누나를 바라보며, "그럼 내가 결혼식을 안 가면 되겠네."라고 말하지 말았어야 했다는 생각을 했다.

아버지는 나를 친척들에게 소개해주었다. 나는 그들을 한 번도 만난 적이 없었다. 아버지가 나에게 서로 간의 관계를 설명해주었다. 그것은 별로 와 닿지도 않을 만큼 멀게만 느껴졌다. 키가 몹시 작은 한 사람과 중간 정도의 키, 큰 키에 머리가 벗겨진 남자에게 나는 꾸벅 인사를 했다.

"넌 뭐하니?" 그들 중 한 사람이 물었다. 나는 그 사람을 어릴 적 딱 한 번 봤다는 생각을 해보려 했지만 쉽지 않았다. 나는 곧 아무것도 하지 않는다고 말할 참이었다.

"요새 취업하기가 워낙 어려워서! 아시잖아요! 일자리 구하기가 얼마나 힘든지!" 아버지의 말은 사실이 아니었지만, 나는 그들을 뒤로하고 곧 다른 친척들도 맞이해야만 했다.

나는 부모님 옆에 서서 하객들에게 인사를 했는데, 오히려 그때 내 기분은 가장 괜찮아진 듯했다. 매형이 축가를 부르기로 되어있어 좀 걱정을 하는 듯했다. 나는 그런 것은 별로 걱정할 필요가 없다며 안심이 될 만한 말을 건넸다.

한동안 만나지 않았던 친가 쪽의 친척들이 거의 비슷한 시간에 모습을 드러냈다. 나는 살면서 간혹 그들을 떠올려보곤 했었다. "네가 벌써 이렇게 컸다고?" 내가 인사하자, 대부분은 나를 잘 모르는 눈치라 그저 하는 말에 웃기만 하는 것 같았다. 어릴 적 그들은 내 얼굴에 난 여드름 하나까지도 신경을 쓰던 사람들이었다. "얼굴이 왜 그러니?" "왜 그리도 얼굴에 여드름이 많이 난 것이냐?" 내 얼굴에는 덕지덕지 여드름이 한 가득이었다. 나는 "몰라요."라고 대답할 뿐이었다. 나는 그들이 딱히 할 만한 일을 찾지 못해 그런 것으로 생각하며, 좁은 집 안에 작은 몸 하나 세워 둘 곳을 찾았다.

115

그들은 부모님과 인사를 나누느라 여념이 없었다. 그들은 대부분 조금 더 뚱뚱해졌거나 말랐을 뿐이었다. 큰아버지는 유난히 더 말라보였고 머리가 새하얗게 변해 있었다. 나는 아버지와 큰아버지가 서로 인사하는 모습을 바라보았다. 아버지의 회사 동료들도 축하를 해주기 위해 결혼식장을 찾았고 나 또한 그들에게 고개 숙여 인사를 했다.

예식이 진행되는 모습을 나는 가장 뒤편에서 지켜보고 있었다. 식장은 실내임에도 유리와 거울로 이루어진 내부 구조가 마치 야외처럼 느껴졌다. 나는 누나가 그 점을 마음에 들어 했다는 것이 떠올랐다.

그 외에는 다 비슷했고 형식적이었다. 단 한 가지, 나는 신부가 양가 부모님에게 인사를 하는 과정에서 우느라 화장이 번질지 모른다는 것을 떠올린 터였다. 내가 멀리서 지켜본바, 누나는 5월에 꽃처럼 환하게 웃고 있었다. 나는, 그게 처음부터 전혀 이상하지 않다고 여기며 가장 크게 손뼉을 쳤다. 하지만 곧 조금 걱정을 하기도 했다. 누나는 매형의 노래를 듣느라 눈물을 훔치며 매번 울던 표정이 그대로 드러나 있었다. 나는 그것이라도 다행으로 여겼다. 신부 측 가족사진을 촬영할 때에는 우리 네 사람이 전부였다. 사진 촬영이 끝나고 나서야 나는 한시름 놓을 수 있었다. 이제 우리는 식권을 받아 다른 층에 자리한 식당으로 이동하게 될 예정이었다.

나는 최대한 말없이 접시에 음식을 떠먹고 있었다. 맞은편에는 외삼촌이 앉아 있었고, 주변에도 외가 쪽 친척들이 자리를 잡고 있었다. 나는 옷 때문인지 역시나 음식을 많이 먹진 못했다. 유난스럽게 살이 오른 친척들이 한 테이블을 점령한 채 먹는 것에 집중하는 모습이 보였다. 그 옆에도 외가 쪽 친척들이 더 있었다. 나는 그중에 낯익은 아주머니에게 인사를 하려다 말았다. 오늘은 평소보다 더 큰 의무를 해낸 기분이 들었기 때문이다. 돌아앉은 모습 말고 내 눈에 띈 것은 온통 술병뿐이었다. 하객들을 맞이하며 내가 그 아주머니를 보았는지 잘 기억이 나지 않았다. 나는 그 아주머니의 이름도, 나와의 관계를 말할 수 있을 만한 이렇다 할 말도 몰랐다. 어릴 적에는 함께 놀러 갔던 적이 있었고, 꽤 자주 마주치는 친척이었다.

잠시 후 아주머니가 일어나 여기저기 돌아다니며 떠드는 모습이 보였다. 아주머니는 취한 듯 보였다. 테이블에는 대부분 술이 놓여 있었고 다른 사람들의 얼굴도 대부분 테이블보처럼 붉은색이었다.

한참이나 주변을 둘러보던 아주머니가 날 알아본 듯 소리쳤다. "너 성현이 아니니? 그렇게 입으니까 못 알아보겠네! 근데 넌 어쩜 나한테 인사도 안 하니? 그렇게 안 봤는데." 나는 원래 그럴 뜻은 아니었다는 표정을 지으며 인사를 했다. 그리고는 다시 자리에 앉아 있었다. 주변에서는 대낮임에도 계속해서 술

잔이 오가고 있었다.

"표정이 좋지가 않은데? 어디 아프니?" 삼촌이 내게 물었다. 나는 괜찮다고 대답했다. "너도 한잔 할래?" 삼촌이 내게 술을 권했지만 나는 마시지 않겠다고 대답했다. 딱히 이유는 말하지 않았다. 언제든 다른 사람들은 나에게 술을 권할 것이고, 매번 거절의 이유를 대는 것은 불필요한 일이었다. 나는 이제 술을 마시는 것에 관심이 없었다. 나는 누나가 결혼을 한다는 사실이 올해에 들어 가장 기쁜 일이라고 생각했다. 나는 누나가 우는 일 따위는 앞으로 다시없기를 바라고 있었다. 아이를 낳는다는 것은, 둘보다 더 나은 하나를 위해서라고 생각했다. 나는 언제든 온전한 정신으로만 모든 기쁨을 누리고 싶다고 생각했다.

삼촌이 아버지에게 술을 권했다.

"아니, 마시고 싶어도 못 마셔! 차를 가져와서." 그렇게 말하자, 주변에서는 안타까움이 섞인 목소리들이 터져 나왔다.

"오늘처럼 기분 좋은 날 당연히 술 한잔 해야지! 운전은 아들이 하면 되잖아!" 나에게 말을 걸었던 그 아주머니가 아버지의 말에 대뜸 소리쳤다.

"얘는 아직 면허가 없어서요." 아버지의 목소리는 나를 원망하는 듯했다.

"운전 못 해? 여태까지 뭘 하느라 아직도 면허가 없어?" 아주머니가 나를 쳐다보며 한심하다는 표정을 지었다. 나는 당황할 수밖에 없었다. 그 모든 것이 내 탓이 되어버렸다고 생각했다.

그 이후, 식사를 마치고 자리를 뜨려는 아주머니가 나에게 소리쳤다.

"좀 컸다고 버릇없이 구는 것 좀 봐. 야! 너 인생 그렇게 살지 마!" 다른 사람들이 아주머니를 끌고 밖으로 나갔다. 오늘 그토록 누나를 위해 열심히 노력했던 내 기분은 송두리째 날아가 버린 듯했다. 다행인 것은 결혼식이 거의 끝날 무렵이었다는 사실이다. 누나는 곧바로 신혼 여행을 떠날 예정이었다. 나는 집으로 돌아가면 늦게나마 카페를 갈 수 있으리라 생각했다. 오늘 있었던 일 중 몇 가지를 나는 글로 적어볼 수도 있을 것이다.

결혼 직후에도 누나는 더 바쁜 듯했다. 그런데도 한동안 주말에는 집으로 자주 놀러 오곤 했다. 집에는 부모님과 나만 남아있어 평소보다 조용했다. 나는 사람들이 누나가 울지 않는 것을 이상하게 여겼다는 소식을 들을 수 있었다. 아버지는 누나가 자주 문자를 보내지 않는다며 섭섭하다는 소리를 늘어놓기도 했다. 그것이 정말 부모의 마음인지는 알 턱이 없었다. 나는, 부모님에게 결혼은 물론이고, 자식도 기대하지 말라는 소리를 몇 번이고 해댔었기 때문이다.

몇 주 뒤 주말에는 봉안당에 갔다. 부모님과 나, 외삼촌이 함께였다. 갈 때 우리는 거의 할 말이 없었지만, 아버지는 최근 훌쩍 자란 내 조카들에 대해 이야기를 하는 데 흥미를 느끼는 듯했다.

"그 둘은 매번 볼 때마다 키가 자란 것 같아! 앞으로 못해도 10센티씩은 더 클걸?" "여드름 흉터 같은 건 나중에 레이저로 싹 깎아내면 되니까 걱정할 것 없어!"

이러한 말들은 조카들이 있는 앞에서건, 없는 곳에서건 소리를 지르듯 반복됐다. 특히 여드름에 관한 이야기는 내가 어릴 적부터 들었던 이야기였다. 나는 그때 절박한 심정으로, 친척들 사이에 앉은 아버지가 외쳐대는 미래 기술에 대해 기대를 걸기도 했다. 그 후 나는 다른 사람 앞에서 '나중에 피부가 좀 좋아지면'이라는 말을 하기도 했다.

"좀 천천히 가요! 뭐가 급하다고 그리 속도를 내!" 어머니가 소리쳤다. 그러면 아버지는 오히려 더 속도를 올리곤 했다.

"갑자기 자동차 바퀴라도 빠지면 어떡해." 이러한 어머니의 우려는 늘 있었던 것이라 아무도 대꾸를 하지 않는 것이었다.

외할아버지가 계신 곳은 매년 찾는 곳이었다. 맨 처음 외할아버지를 그곳에 모셨을 때 날씨는 100여 년 만에 찾아온 무더위였다. 오늘처럼 서늘한 바람도 전혀 불지 않았다. 그때는 그곳에 마련된 식당에서 많은 사람이 함께 설렁탕을 먹었다. 설렁탕은 값만 비쌀 뿐 맛은 없었다. 커다란 선풍기 한 대는 전혀 도움이 되지 않아 식사를 하는 내내 온몸에서는 땀이 비 오듯 했다. 검은 상복 차림은 햇빛을 온전히 빨아들이는 듯했다. 할아버지를 모셨던 2층 자리도 그때는 전부가 더위에 휩싸여 있었다. 나는 둥근 곡선의 유리 벽에 붙은 커다란 벌레가 한참이나 붙어있는 모습을 지켜보았던 기억이 떠올랐다.

우리는 강렬한 햇빛 때문에 차에서 내려 서둘러 건물 안으로 들어갔다. 잠시 1층에 마련된 소파에 앉아 기다렸다가 2층으로 올라갔다. 외할아버지의 사진이 화면에 띄워진 커다란 방으로 들어갔다. 가져온 음식 몇 가지와 술을 따라 놓고 몇 번 절을 했다.

"너도 외할아버지께 한 잔 따라 드려." 그렇게 한 명씩 돌아가며 술을 받아 직접 상 위에 올려두었다. "왜 이렇게 손을 떨어?" 삼촌이 내게 물었다. 나는 그때 왠지 가만히 있어도 손이 떨려 그것을 숨기려 하고 있었다. 간단히 거기서 시간을 보낸 뒤 우리는 외할아버지를 모셔둔 방으로 이동했다. 그곳은 예전보다 더 많은 자리들이 채워져 있었다. 방마다 적어도 백 개의 칸이 마련되어 있었다. 이동하는 동안에는 대부분 채워진 방들이 보였다. 단지와 함께 유리 벽 안에는 사진이나 꽃이 놓여 있었다. 대부분의 자리가 비어있는 방도 안쪽으로 들어가며 볼 수 있었다.

"아버지 저 왔어요." 어머니가 외할아버지를 모셔둔 단지 앞에서 말했다. 외할아버지를 모신 자리는 허리를 굽히거나 고개를 들지 않아도 되는 자리였다. 나는 매번 잊은 듯 지내던 어머니가 그곳에서 눈물을 흘리는 모습을 여러 차례 봐온 터였다. "술 담배만 많이 안 하셨어도 아마 훨씬 더 오래 사셨을 거야!" 아버지가 말했다.

우리는 밖으로 나와 공원처럼 꾸며진 그곳을 조금 둘러보았다. 그리고 미리 사 온 김밥을 먹기 위해 야외 테이블에 자리를 잡았다. 주변에는 우거진 나무들이 많아 서늘한 그늘이 만들어져 있었다. 아까보다 바람이 더 많이 불어 시원함도 느낄수 있었다.

"여기는 얼마나 사람이 많이 오는지! 올 때마다 새로 건물이 하나씩 들어서 있는 것 같다니까." 아버지의 말에 다른 사람도 동의하는 듯 말을 덧붙였다. 어머니는 마치 나들이를 나온 듯 농담하기도 했다. 어머니는 어릴 적, 어머니의 할머니 댁에 놀러 갔다가 먹은 팥죽 이야기를 꺼냈다. 사실 그것은 배가 너무 고파 먹게 된 팥죽 때문에 배가 아파져 화장실에 가서 벌어진 일을 이야기했던 것이었다.

"그때는 화장실 밑에 흑돼지가 살았거든. 너무 급하니까, 근데 그게 전부 그 돼지 머리 위에…" 나는 그 이야기에 피식 웃음을 터뜨렸다. 삼촌과 아버지는 배꼽을 잡고 웃어댔다.

"그 얘기 예전에 했었잖아." 내가 어머니에게 말했다. "그래? 내가 언제 했지?" 어머니가 즐거워하며 물었다.

"외할아버지 돌아가셨을 때, 거기 장례식장 방 안에서 나한테 해줬었잖아. 그때 엄마 친구분도 계셨고."

어머니는 기억이 나지 않는단 말투였다. 나는 학교에서 돌아와, 외할아버지가 전날 밤부터 피를 토한다는 소식에 병원으로 갔던 어머니의 전화를 받았다. 나는 그때 혼자서 얼마나 많이 울었는지, 장례식장에서는 오히려 조금 담담했다. 그런데 분위기를 바꾸고자 했던 어머니의 이야기 때문에 웃음이 터져버렸다. 나는 간혹 웃음이 터지면 참지를 못했다. 그때가 하필 외할아버지가 돌아가신 날이었다. 나는 온통 더위에 얼굴이 분홍빛으로 변할 때까지, 웃음을 멈추느라 자리를 피해야 할 정도였다.

"암 말기인데도 몰랐으니 원, 너무 갑작스럽게 돌아가셨어!" 아버지가 말했다. "아버지가 낚시를 좋아하셔서 우리도 강이며 계곡으로 많이 놀러 다니곤 했지." 어머니는 내게 예전 기억에 관해 물어보기도 했다. 나는 그 시간을 기억하고 있었고 어머니에게 말하기도 했다. 우리는 곧 다시 차를 타고 집으로 향했다. 중간에는 잠시 도로 옆에 세워진 큰 나무 아래에서 쉬기도 했다.

그렇게 별다를 게 없었다. 평소처럼 나는 카페에 갔다. 그 이

외에 하는 것은 내게 정말 아무런 의미도 없었다. 나는 여전히 책만 보고자 했다. 집에서는 여전히 하기 싫은 일뿐이었다. 나는 방 안에 처박혀 대부분 아무 말도 하지 않았다. 반면 내 속은 피와 진탕이 뒤섞인 전쟁터 같았다. 그래도 나는 쌓여 있는 접시들을 열심히 닦았다. 나는 설거지가 끊임없이 쌓이는 꿈을 꾸기도 했으나, 이제는 꿈은 그저 꿈일 뿐이라고 생각했다.

"엄마 어디 갔니?"

아버지는 집으로 오자마자 소리쳤다.

"친구들 만나고 늦게 오겠죠." 내 말에 아버지는 성질을 부리며 에어컨을 켰다. 아버지는 곧 어머니에게 전화를 걸었고, 저녁도 먹지 않았다며 화를 냈다.

조금 뒤, 아버지가 내 방문을 두드렸다.

"어제 사 온 설렁탕 끓여줄 테니까 먹을래?" 아버지가 물었다.

"아뇨, 아까 먹으려고 사 온 컵라면 있어요."

"그건 나중에 먹고, 이것부터 먹어." 아버지는 이미 재료들을 꺼내고 있었다. 나는 예전처럼 사소한 일에도 소리를 지르는 일이 괴로웠다. 그러면 나는 아버지가 간혹 해주겠다는 음식을 억지로 먹거나, 굳이 내가 집으로 돌아왔을 때 말을 거는 사소한 일들에 짜증만 늘어나기 시작했다.

부모님은 내 방에 에어컨을 달아야 한다고 말했을 뿐이었다. 하지만 나는 그냥 참겠다며 화를 냈다. 내 방은 유난히 덥고

습했다. 나는 몇 달만 버티면 쓸 일도 없는 에어컨을 달 필요가 없다고 화를 낸 터였다.

다음 날 내가 집으로 돌아왔을 때, 벽에는 에어컨이 달려 있었다. 에어컨에 연결된 호스는 책장 뒤를 거쳐 창문 밖으로 연결되어 있었다. 나는 문득 책장 맨 위쪽의 책들이 온통 거꾸로 꽂혀 있는 것을 목격했다.

"도대체 누구 짓이지? 어떻게 하면 책을 거꾸로 꽂을 수 있지?" 나는 책들을 다시 온전히 꽂아 놓으며 또다시 치솟는 화를 참아야만 했다.

"필요 없다고 하는데도 굳이 이렇게 하는 이유가 도대체 뭐야? 돈이 그렇게 많아? 돈을 못 쓰는 바람에 안달이 난 게 분명해."

최근 나는 도저히 책을 읽을 수 없을 때 카페 주변을 걷기 시작했다. 눈시울을 적실 만한 뜨거운 태양 아래에서는 정신이 몽롱할 지경이었다. 주변에는 식당이나 술집이 대부분이었다. 나는 사거리를 지나 백화점 쪽으로 향했다. 그리고 다시 카페 쪽으로 향하는 길로 들어서 이곳저곳을 눈으로 살필 뿐이었다. 그때는 내게 다른 걱정도 떠오른 듯했다. 별 볼 일 없을 거리에는 햇빛만 가득했다. 바닥에는 온통 전단지와 껌 자국이 가득했다. 골목으로 가는 길 주변에는 온통 담배꽁초가 널브러져 있었다.

사거리 한복판에는 설문 조사를 나온 듯 보이는 사람들이 있었다. 노란색 조끼를 입은 그들이 내 눈에는 타는 불길처럼 보였다. 손에 든 설문지에 무엇이 쓰여 있는지에 관해서는 관심이 없었다. 그들이 저녁때까지도 사람들을 붙잡고 있음을 나는 알 수 있었다. 남자의 피부는 온통 숯 검댕이 묻은 것처럼 보였다. 그는 모자도 쓰지 않아 머리카락이 반짝반짝 빛났다. 나는 어쩌다 멈춰 세우는 그들에게 인사만 하며 그냥 지나칠

뿐이었다.

그들 중 한 여자가 내게 말을 걸었다. 나는 왠지 이렇다 할 저항도 하지 못했다. 지금 이 기분을 타파할 좋은 생각이 떠오를 수도 있다는 생각 때문이었다. 그녀가 별말을 하지 않은 채 내게 설문지를 내밀었다. 그것은 네 가지의 질문에 체크만 하면 되는 것이었다. 나는 우리나라의 자살률이 가장 높다는 것을 알고 있었다. "이런 건 모르겠는데." 나는 독거 노인들이 자살로 삶을 많이 마감한다는 것만 얼핏 알고 있었다. 그 뒤에 나온 수치 따위도 내게는 금시초문이었다. 그녀가 내게 이런저런 질문도 했지만, 내겐 딱히 대답할 만한 질문이 아니었다. 나는 "뭐, 그냥요."라고 대답했다.

그녀는 목의 새하얀 피부가 무색할 정도로 얼굴에 선크림을 많이 바른 모양이었다. 온몸은 긴 소매 옷과 긴 바지로 가린 상태였다. 밀짚모자를 쓴 그녀가 내게 말했다.

"안녕하세요. 저희는 무료급식소에서 나온 사회복지사입니다." 나는 순간 몇 번이나 그들을 무시하며 지나쳤는지를 떠올렸다. 나는 그럴만한 기분이 아니라고 생각할 뿐이었고, 하나에만 집중하기도 벅차다고 생각했기 때문이다.

"하루에 330원이면 혼자 사시는 노인 한 분께 저희가 식사 한 끼를 대접해드릴 수 있어요." 그녀가 손으로 가렸던 부분에는 계좌번호를 쓰는 칸이 놓여 있었다. 그러면 정기적으로 매달 통장에서 돈이 빠져나가는 것이다.

"그게, 조금 힘들 것 같아서요."

"한 달에 만 원인데요? 학생분들도 많이 해주세요." 그녀의
말투는 전혀 강요하는 것도, 그 눈을 쳐다본 사람은 누구도 자
신을 무시한다고 생각하지 못했을 것이었다.

"제가 돈을 벌지 못하고 있어서요. 하고는 싶은데 좀 어려울
것 같아요. 죄송합니다." 나는 서둘러 그곳을 빠져나오며 걸음
을 멈춰 선 것을 후회했다. 카페로 돌아온 나는 여전히 책에
집중할 수 없었다.

"그런 사람들이 하루를 더 산다고 뭐 달라지나? 오래 사는
게 무슨 의미가 있어? 게다가 지금은 내가 죽게 생길 판이라
고."

나는 기다란 소파가 놓인 자리에 누워있었다. 배는 별로 고
프지 않았다. 그러자 문득 생각 하나가 떠올랐다.

"도대체 소설 따위는 왜 존재하는 거지? 저 사람들에게 필요
한 건 돈이잖아. 훌륭한 책인지 아닌지가 뭐가 중요해? 내가 힘
을 받을 수 있었던 그 명언이 다 무슨 소용이야? 저 사람들은
종일 도시락 배달이 오는 시간만 기다린다는데."

나는 곧 다시 사거리로 향했다. 내게 말을 걸었던 여자가 어
려 보이는 여자 하나를 붙잡고 이야기를 하는 뒷모습이 보였
다. 나는 잠시 서서 기다렸다. 그들은 하루에도 몇 번 그리 거

절을 당하고 있었다. 곧 나는 그녀에게 말을 걸었다. 내가 말을 걸자 그 여자는 조금 놀란 듯했다.

"계좌이체 말고 제가 지금 여기서 돈을 드리면 안 되나요? 제가 돈을 못 버는데 빠져나갈 돈이 많아서요. 그래도 후원은 하고 싶으니까."

"정말요? 저희도 그래 주시면 좋죠. 근데 지금은 계좌이체로만 후원을 받고 있어서요." 여자도 안타까워하는 듯 말했다. 내가 그 이유를 묻자, 최근 일어난 모금 횡령 사건 때문이라고 그녀가 말했다.

"두 달만이라도 돕고 싶어서요. 제가 지금 돈을 드리면 그렇게 해주실 수 있잖아요." 하지만 여자는 계속해서 안 된다고 말했다. 법을 어기는 일이라 받을 수가 없다는 것이었다.

"다른 방식으로 돕자는 거죠. 우리 둘만 알고 있으면 되잖아요. 주변에 아는 분이 저 대신 후원을 하도록 해주시고 제가 드린 돈을 주면 되잖아요. 그렇게 해줄 수 있잖아요?"

그녀는 계속 안 된다고만 했다. 그녀는 미안해하면서도 웃는 표정을 짓고 있었다.

"저는 글 쓰는 사람이라서 거짓말 안 해요." 나는 그녀를 똑바로 바라보며 말했다. 그녀의 눈동자가 햇빛에 비쳐 반짝였다.

"지금 제가 가서 돈을 뽑아서 가져올게요. 통장에는 아직 돈이 있으니까." 그 말은 거짓이 아니었다. 나는 하찮은 글이라도 매일 쓰고 있었으니까.

하는 수 없이 나는 계좌번호를 적었다. 그녀는 내가 작가인 줄 알았는지, 어떤 글을 쓰는지를 물었다.

"뭐, 그냥…." 나는 매달 가장 큰돈이 빠져나가는 날짜와 비슷한 날짜에 체크를 했고, 매달 후원이 되었다는 문자를 받을 것이라는 말도 들을 수 있었다.

"정말 다시 오실 줄 몰랐어요! 복지에 관심이 많으신 것 같은데, 책자 좀 드릴게요."

"아뇨 전 그런 것에 관심이 없어요." 나는 그녀를 뒤로하고 서둘러 카페로 돌아왔다. 나는 한참이나 책에 몰두하지 못했다. 몸이 불편하거나 배가 고파서 그런 것은 아니었다.

"저런 사람들이 당장 죽어도 좋다고 생각했으면서, 왜 도와주지 못하면 가슴이 찢어질 것 같지?" "나는 왜 부모에게는 살가운 말 한마디 못하면서, 저 사람들을 돕는 건 언제든 쉬운 일이라고 생각하는 거지?"

책을 본 지 10개월이 되어가고 있었지만, 나는 이렇다 할 뾰족한 수가 나지 않아, 매일 카페에 가는 것을 무슨 도피처처럼 여기고 있다는 생각도 들었다.

"아버지도 곧 직장을 그만둘 텐데." 나는 부모님과 아무런 대화를 하지 않아도 그런 것쯤은 느낄 수 있었다.

"나는 부모를 책임지고 싶지만, 정말이지 부모는 그런 것밖에는 관심이 없어. 나는 당연히 그렇게 할 생각이지만, 그런 생각을 하면 괴로워서 견딜 수가 없어."

그때 멀리서 무언가 깨지는 소리가 들리는 바람에 나는 좀 정신을 차릴 수 있었다. 직원이 유리컵을 깬 모양이었다. 카페에는 몇 달 사이 직원이 여러 번 바뀐 터였다. 내게 말을 걸었던 그녀도 이미 일을 관둔 상태였다. 나는 긴 머리를 찰랑거리며 카페를 나가는 그녀가 마지막이었다는 것을 얼핏 느꼈을 뿐이었다.

"그 여자가 나한테 관심이 있었는지 내가 어떻게 알겠어? 나한테 직접 말한 적도 없잖아."

나는 저녁이 되어서야 집으로 돌아갔다. 어머니가 사 온 옷이 침대 위에 올려 있었다. 나는 갑자기 화가 나 어머니에게 소리쳤다.

"싫다고 하잖아! 내가 벌레야? 내 말은 개처럼 무시하면서 왜 자꾸 날 위해서라고 말하는 거야?"

"할인이라 싸게 사 온 거야. 그러지 말고 그냥 입어 봐." 내게는 그 모든 일상이 참을 수 없을 정도였다. 아버지가 꼭 껴들어 한마디를 하지 않고는 못 배기는 듯했다. 나는 그 옷을 입지 않고 그냥 방치하거나, 끝까지 입지 않겠다고 고집을 부렸다. 어머니는 옷을 다시 쇼핑백에 담았다.

"그걸 또 반품하러 거기까지 가게? 그 사람들이 얼마나 좋아
한다고 매번 그래?"

"아니야, 그렇게 하는 게 그 사람들 일인데 뭐 어때."

"그렇게 내 말 무시해. 나도 나중에 똑같이 할 테니까."

나는 그 옷을 뺏어 들어 방으로 돌아왔다. 나는 여전히 내
방에서 혼자가 되는 시간조차 방해를 받는 것이었다. 그러면
부모님에게 한마디라도 건네 보려던 내 마음도 모두 사라져버
렸으며, 곧 집 안에 들어선 내게는 이러한 생각들에 반할 나쁜
감정만이 치솟곤 하는 것이었다.

3부

 오늘이 며칠인지는 중요하지 않다. 다만 땀을 많이 흘렸기 때문에 소변이 마렵지 않다는 사실만 간혹 떠올랐다.

 현금자동입출금기에 돈을 채워 넣는 아르바이트를 시작한 것은 한 달 전이었다. 나는 현금 가방을 조수처럼 들고 다녔다. 나는 필요한 돈만 건네주면 된다는 공고를 보고 그 일을 시작했다. 돈이 필요했기 때문에, 일단 그 일은 처음보다 할 만해진 상태였다.

 나는 점심을 먹는 한 시간 말고는 모두 손으로 묵직한 지폐를 만지거나 낱장의 돈들을 정리해 고무줄로 묶는 일을 했다. 지폐뭉치는 그저 여러 겹의 벽돌처럼 무겁기만 했다. 처음보다 그것도 어느 정도 익숙했지만, 도통 잔소리는 듣기 싫은 것이었다. 사람들은 현금자동입출금기를 ATM이라고 불렀다. 나는 열두 시간 가까이 일을 하고 집으로 돌아오면 하염없이 컴퓨터만 쳐다보다 곧 잠자리에 들었다. 나는 마지막으로 무엇을 썼는지 기억해보려 애썼지만 헛수고였다. 마지막으로 글을 쓴 날짜가 며칠인지, 그런 것 따위는 체력을 비축하는데 아무런 쓸

모도 없는 것이었다.

대부분 무장된 자동차를 타고 시내를 이동했다.

"넌 왜 면허가 없냐? 운전이라도 시킬까 봐?" 팀장이 물었다. 그의 이름부터가 내 마음에 들지 않았다. 그것이 예전처럼 빨리 면허를 따라는 말로는 들리지 않았다. 그런 무시쯤이야, 내게는 이미 충분한 재치도 있다고 여겨졌다.

이동하는 시간에는 대부분 라디오를 들었다. 매일 듣는 걸쭉한 목소리가 다행스러운 것으로 여겨질 정도였다. 오프닝을 끝낸 디제이는 최근 뉴스 소식을 전하고 있었다.

"들었지? 돈이 전부라니까! 놀 시간이 어디 있어? 노년 준비도 하려면 너네도 지금부터 바짝 벌어놔야 해." 누군가와 대화를 하듯 지껄이던 팀장이 소리쳤다. 그 목소리는 마치 쇠를 깎는 소리처럼 들렸다. "맞습니다!" 뒤에서 계수하는 놈이 소리쳤다. 그놈은 코를 한 움큼을 먹은 듯 목소리가 굵고 낮았다.

나는 창문 밖을 바라보는 일에 더 집중하고 있었다. 팀장들은 저마다 특징이 있었는데, 김영원 팀장은 에어컨을 켜는 법이 없었다. 여름 내내 햇빛을 받은 내 오른팔은 새카맣게 그을려 있었다. 속도를 내자 세찬 바람이 얼굴을 때렸다. 나는 오히려 그때 숨이 트이는 듯했다.

"넌 왜 그렇게 벨트를 꼭 매냐? 내가 운전하는 게 불안하냐?" 팀장은 거울로 뒤쪽을 바라보며 크게 웃어댔다. 마치 꽹

꽈리를 귀에 바짝 대고 쳐대는 듯했다.

"무서운가 보죠!" 계수하던 놈이 긴 코를 늘어뜨리며 크게 웃어댔다. 팀장은 곧 정색하며, 내게 손잡이를 잡는 이유에 대해서도 나무라는 듯했다. 나는 그저 "습관이라서."라고 대답했다. 벨트를 매는 것은 단순히 규칙이 그렇다고 대답했다.

"그건 그렇지." 팀장이 못마땅한 표정을 지었다. 나는 더 할 말이 없었지만, "저번에 같이 일하던 팀장님이 벨트를 꼭 차라고 말씀하셔서요."라고 말할 수밖에 없었다.

"너 우체국에 현금 배달했었구나. 그 팀장은 나랑 이 회사에 같이 들어왔어. 그때부터 있던 사람들은 그 팀장하고 나 둘뿐이야." 그의 말에 나는 그러냐고 되물었다. "그래, 그 사람이 벨트만 말하던? 문 잠그는 거나 돈 가방 들 때도 잔소리하지?" 나는 그의 기분을 맞추기 위해 그렇다며 맞장구를 쳐주었다. 그는 기분이 내킬 때만 그러한 말을 했다. 그는 현금 가방을 허리띠에 달린 고리에 채우라는 말도 거의 하지 않았다. 그가 신이 난 듯 계속 말을 이었다.

"내가 그 사람 손가락 마디 하나가 없는 건 모르지만, 마누라가 조선족이라는 건 알지."

나는 우체국을 돌아다니다 갑자기 경로를 바꾸는 팀장과 어느 서점에 들렀던 것이 생각났다. 그곳은 허름하고 작은 중고 서점이었다. 나는 생전 처음 보는 책에 흥미를 느껴 잠시 기분이 나아진 상태였다. 팀장이 말없이 그곳을 데려간 일은 딱 한 번뿐이었다. 우체국이 아니라면 대부분 큰 은행에 들러 키보다 높은 돈다발을 옮길 뿐이었다. 그런데 그곳에 책이 온통 한문으로 되어있었던 것이다. 그는 오히려 문을 잠그는 것을 까먹거나, 차 뒷부분이 벽에 부딪힐 때까지도 모르는 사람이었다. 나는 그 팀장이 나무라는 잔소리가 듣기 싫어 매번 무시했다. 그는 자신이 하는 작은 행동에 이유를 묻는 것을 무척 바라는 듯했으나, 대답은 건성 그 자체였다. 그가 달리는 차에서 갑자기 하늘을 찍기 위해 핸드폰을 들고 중얼거리는 바람에 나는 이유를 물을 수밖에 없었다. 그가 "우리 아들에게 보내주려고." 라고 말한 것도 내 기억에 남아 있었다.

나는 이제 그 이야기가 그만 듣고 싶었다. 얼굴이 커다란 팀장은 오직 자신의 이야기만 하지 않는 듯했다.

"그 사람은 규칙을 잘 지킬 수밖에 없어. 왜 그런지 알아?" 나는 모른다고 대답했다. 나는 지나치는 여자들을 바라보는 일만 하고 싶을 뿐이었다.

"뭔데요? 궁금해요! 저도 그 팀장하고 같이 탄 적이 있어요! 근데 그 사람 좀 이상하던데요?" 뒤에 앉은 놈은 자신도 끼고 싶어 안달이 난 모양이었다. 뒤쪽은 창문이 모두 새카맣게 되어 있었다. 그놈은 한 번도 차에서 내리는 법이 없어, 심심하다며 야단이라 그런 말이라도 해야만 한다는 식이었다.

"그 사람이 예전에 여기 돈을 좀 훔쳤거든. 바로 걸렸는데, 그래도 잘리는 일은 면했지." "정말입니까?" 뒤에 탄 놈이 크게 웃으며 소리쳤다. 그러고는 흐르는 코를 다시 들이마셨다. 팀장의 말은 전혀 놀랍지 않았다. 소설만 보아도, 그보다 더 한 일은 세상 어디든지 있었다.

"사수는 뒤에서 지켜보고 있어야 한다고!" 나는 차에서 내려 매번 가는 길을 헷갈려 욕을 먹었다. 나는 두 사람이 들기도 버거운 돈 가방을 짊어지고 있었다. ATM에 돈을 넣는 일뿐 아니라, 은행에서 돈을 받아 옮기는 일도 매일 하고 있었기 때문이다. 은행에서 돈을 담을 때도 고무줄은 항상 필요했다. 서두르는 팀장 때문에 나는 오히려 실수했다. "너는 일하기 싫은가 보다." 팀장은 능숙하게 돈을 담았다. 하지만 팀장과 현금이 가득한 가방을 드는 일은 오히려 더 힘이 들었다. 팀장은 이상하리만큼 무거운 것을 들지 못했다. 나는 그가 짤막한 걸음을 옮기며 입속으로 신음을 삼켜대는 것을 감추느라 금세 온몸이 땀에 젖은 모습을 볼 수 있었다. 나는 차라리 혼자 모든 가방을 짊어지는 편이 낫다고 생각했다.

더 이상한 점은 그가 밥을 무척이나 천천히 먹는다는 점이었다. 직장인들이 많은 시내에 한 건물에서 우리는 점심을 먹었다. 다른 팀들도 그곳에서 만나 식사를 했다. 그는 모두가 일어날 때까지 반도 먹지 못했고, 나는 그가 한 번도 다 먹은 것을 본 적이 없었다. 나는 그가 일하는 것도, 밥을 먹는 모습도 마치 소 같다고 생각했다. 그는 점심을 먹기 전 ATM에 돈을 집어넣으며 내게 말하곤 했다.

"네가 가서 미리 주문해. 내가 항상 먹는 것 있지? 그것도 꼭 말하고." 나는 자리를 맡아둔 뒤 미리 메뉴를 주문했다.

"저번처럼 새우 볶음밥에도 짜장 소스 가능하죠? 그리고 돈가스도 생선 말고 돼지로 해주세요." 아주머니는 매번 그렇다는 듯했다.

나는 밥을 허겁지겁 입안으로 채우기 바빴다. 그 시간만큼은 아무도 내게 말을 걸지 않기를 바랐으나, 그들은 상관이 얼마나 많은 돈을 빼돌리는지 불만이 이만저만 아니었다.

팀장이 바뀌는 일은 비일비재했다. 나는 그 상관이라는 사람에게 면접을 보았고 하루 이틀 함께 일한 적도 있었다. 상관은 솔직한 말을 하며 농담인 척 웃는 걸 좋아했다. 그와 처음 일한 날, 그는 자신의 집이 얼마나 넓은지 자랑했다. 그가 키운다는 개의 혈통은 외국에서 넘어온 것이라 했다. 그는 가는 길을 몰라 나를 나무라기도 했다. 대신 그는 에어컨을 항상 틀어놓고, 더운 것은 정말 질색이라고 말했다. 그는 다음 날 농담하듯 나를 다른 차에 태우겠다고 말했다. 나는 지금이 좋다고 말했으나, 그는 정말 나를 다른 차에 태우게 하더니 가끔 일이 힘

드냐며 말을 붙였다. 나는 그가 느끼는 재미에는 아무런 관심도 없었다. 그는 다른 사람들에게도 친절을 베풀며 이유를 강조하는 것을 즐기는 듯했다. 하지만 그가 하는 말 따위 아무런 의미도 없다는 것은, 그의 아들도 알 만한 극명함이었을 것이다.

어느 날 핸드폰을 보며 운전을 하던 김영원 팀장이 소리쳤다.

"부모님은 무슨 일 하시냐? 우리 아버지가 공무원이신데, 아마 나보다 몇백은 더 버실 거야."

그는 항상 고개를 사방으로 돌려가며 말을 하곤 했다. 그 말을 듣자 계수가 소리쳤다.

"정말요? 저희 아버지도 공무원이세요! 공무원이 좋은 건 정년 끝나셔도 돈 걱정이 없다는 거죠! 물론 지금도 어마어마하게 버시고요." 나는 이제 그들이 서로 떠들 때면 더 편안한 기분이었다.

"그래? 어디에서 근무하시는데?" 팀장이 말했다.

"건축 쪽에 계신데요! 저희 아버지 친구분은 대부분 은행 쪽에서 일하세요!" 코흘리개는 오늘 가장 신이 난 듯했다. 그는 자신이 몇 개월 전 사귀었다는 여자, 7살 연상의 여자와 결혼까지 할 뻔했던 사연을 말한 적이 있었다. 나는 그가 어릴 적 이야기, 학창시절 이야기까지 모두 해주기를 바라고 있었다.

"제가 그 여자 때문에 보증을 잘못 섰다고 말씀드렸잖아요? 기억나시죠? 그 돈도 아버지가 다 갚아 주신 거예요! 근데 저 보고 다시 돈을 갚으라고 하시지 뭐예요? 그래서 사회경험도 할 겸 여기서 아르바이트를 하고 있죠!"

"오, 그래?" 팀장은 흥미롭다는 말투였다. 그것이 진짜인지 아닌지는 알 수가 없었다.

"건축 쪽에서 일하는 내 친구가 있거든? 걔가 곧 일을 그만 두는데, 네 아버지한테 부탁해서 일자리 하나 좀 얻을 수 있 나?" 팀장이 다시 물었다.

"네, 그럼요!" 코흘리개가 조금 당황한 듯했다. 그는 이미 머 리가 거의 다 벗어진 상태였고 피부는 새카맣게 타 있었다. 그 는 자신이 다니던 학교를 때려치우고 휴학을 하게 된 사정까지 모두 자랑스럽게 말했다. 배가 산처럼 나온 그는 뒷자리가 가 장 덥다며 내게 되묻곤 했다. 나는 그가 우리에게 팀워크에 관 해 이야기를 할 때 몇 번 동의해준 적은 있었다.

팀장은 한 번에 여러 대에 ATM에 돈을 넣었다. ATM 뒤의 공간은 좁고 어두웠다. 거기서 나는 가장 바삐 움직여야만 했 다. "더 빨리!" 그는 언제나 서두르는 듯했다. 간혹 나는 더 빨 리 집에 갈 수도 있었다. 하지만 책을 읽지 못하는 건 마찬가지 였다.

내가 실수를 하는 바람에, 우리는 이미 들렀던 기계로 다시 돌아가야만 했다.

"네가 뭘 잘못했는지 한번 말해봐." 나는 어디에서 그에게 돈을 잘못 건네주었는지를 전혀 기억할 수 없었다. 그는 신기하리만큼 우리가 지나쳐왔던 구간, 몇 번째 기계에 얼마를 넣었는지를 다 깨고 있었다. 그는 비상한 머리로 일에 능률도 높이고 있었다. 돈을 모두 빼고 넣는 것이 아니라, 채워 넣을 한계치까지만 돈을 넣는 방식으로 일하고 있었던 것이다. 그는 필요한 돈을 받아서 기계에 집어넣은 뒤, 종류마다 뒤섞인 지폐를 바닥에 던지기 일쑤였다. 나는 그 돈을 종류별로 모아 다시 고무줄로 묶었다.

"넌 아무리 해도 속도가 늘지 않는 모양이구나." 그의 말에 나는 묵묵부답이었고 그때마다 짧게 웃을 뿐이었다.

"보통 ATM에는 만 원짜리만 들어가지 않나요?" 내가 그에게 물었다. 그것은 한 달 넘게 일을 하며 처음 궁금한 것이 생겼기 때문이었다. 그는 똑같은 속도로 6개의 기계에 돈을 집어넣으며 뜻밖에 순순히 질문에 대답을 해주었다.

"다른 지폐도 쓸 수 있어. 단지 사람들이 잘 모를 뿐이지." 그의 말투 때문에 나는 그가 처음으로 사람처럼 느껴졌다. 나는 주변에 떨어뜨린 돈이 없는지 확인했다. 나의 꼼꼼한 성격 하나만이 일을 하는 데 있어서 도움이 된다고 생각했다. 지갑을 여러 번 확인하지만 않는다면 내 버릇도 나쁜 것은 아니라고 생각했다.

우리는 지하로 내려갔다. 그곳에는 서너 개의 은행의 ATM이 적어도 4개 이상 설치되어 있었다. 그곳은 들리는 곳 중 막바지여서, 팀장이 가장 흥분하는 곳이기도 했다. 땀범벅이 된 팀장이 말했다.

"너도 빨리 이걸 배워서 같이 하면 좋을 텐데." 그는 함께 일했던 부사수에 관해 이야기했다.

"그 친구는 일을 잘했나요?" 내가 물었다.

"너랑 비교도 안 됐지. 개처럼 빨리하는 애도 없었는데, 갑자기 그만두고 나가 버렸거든. 그 자식! 내가 그렇게 잘해줬는데!"

그는 어제보다 시간이 걸린 것이 계속 못마땅한 듯했다. 나는 새파란 지폐만 쳐다볼 뿐이었다. 팀장은 기계의 버튼을 눌러가며 한쪽 기계에 돈을 넣은 뒤 분주하게 다른 기계로 몸을 옮겼다.

그때 마침, 내 눈에는 삼 분의 일가량으로 찢긴 지폐가 바닥에 떨어져 있는 것이 보였다. 그곳에 일은 이미 끝난 터였다. 팀장은 빨리 다른 은행의 ATM으로 가기 위해 7대의 기계의 열린 문을 잠그고 있었다. 수천만 원이 들어있던 가방도 텅 빈 상태였다. 나는 찢어진 지폐를 몰래 주워 주머니에 넣었다. 나는 왠지 그 모든 일을 감당하려 하면서도, 그 사소한 일 하나가 아무 탈 없이 지나가기만을 바라고 있었다. 며칠 동안은 그 지폐를 지갑에 가지고 다녔지만, 차마 사실대로 말할 수가 없었기 때문이다.

며칠 후 나는 퇴근을 하기 직전 현금을 반납하기 위해 다른 사람들과 함께였다.

"이거 어떻게 하실 거예요? 찾아오셔야 하는데." 현금을 관리하는 직원이 팀장에게 찢어진 지폐의 나머지 부분을 보여주며 말했다. 나는 그때 당장에라도 말했어야 했다. 하지만 모른 척할 뿐이었다. 오히려 나는 돈이 찢어졌냐며 되묻기까지 했다.

결국 집으로 돌아와서야 나는 팀장에게 전화를 걸어 솔직하게 털어놓았다. "그래? 내일 그걸 담당자한테 넘겨야 하니까 꼭 가지고 와야 해." 오히려 팀장은 담담한 듯했다. 나는 조금 마음을 놓을 수 있었지만, 결국 그들에게 좋은 먹잇감 하나를 던져주었다는 생각이 들었다. 나는 정말이지 일만 하고 싶었지만, 그들은 이미 나를 유머라곤 찾아볼 수 없는 인간이라고 치부했기 때문이다.

물론 그들이 내 앞에서 그 일에 대해 어떠한 말도 하지 않았음을 나는 확인할 수 있었다. 나약한 인간은 자신의 망상에 날개를 다는 법이지만, 그토록 지루한 반복, 수단과 목적이 뒤섞인 그곳에서 내가 즐거움 하나를 제공했다는 확신, 그들이 나를 대하는 태도가 조금 달라졌다는 것을 나는 분명하게 느낄 수 있었다. 나는 책을 읽기 전에도 그러한 일들을 숱하게 겪었기 때문이다. 물론 그것이 무엇인지 내가 알았더라도, 나는 그것을 구체적으로 설명할 수 없다.

팀장과 나는 다시 그 지하철 보도 아래로 내려가고 있었다.

"빨리 좀 오라고. 느려 터져서는!"

팀장은 냉정하지 못한 듯했다. 그는 평소보다 일이 늦게 끝나는 것도 모자라, 상관의 요청 때문에 지원을 가야 하는 상황에 짜증이 난 모양이었다. 나는 가장 무더운 날씨에 현금 가방을 내려놓지 못해 녹초가 되어 있었다. 나는 누군가와 경쟁을 하듯 그 계단을 내려가진 못했지만, 뒤처지지 않기 위해 애를 썼다.

나는 마지막 힘을 짜내 움직였다. 바닥에 쓰레기를 치우는 일까지 하면서도 나는 힘든 줄 몰랐다. 내일은 주말이었고, 그러면 카페에 갈 수 있기 때문이다. 나는 잠시 굳은 자세로 무엇인가를 살피는 팀장에게 다가갔다. 팀장은 빠르게 돌아가는 기계에 손을 집어넣던 중 손가락을 베인 것이었다.

나는 그때 심한 구역질을 느꼈다. 그가 상처 부위에 흥건한 피를 입으로 쭉 빨아들였기 때문만은 아니었다. 그곳은 다행히 조금 시원했다. 먼지로 덮인 듯 새카만 조명 때문에 나는 더 자세하게 그 모든 것을 볼 수는 없었다.

"그래도 찢어지지는 않아서 다행이다." 팀장이 말했다. 나는 그렇다고 대답했다. 그는 곧 필요한 액수의 현금을 달라고 말했고, 나는 그에게 정확한 액수의 현금을 건넸다.

우리는 상관을 도와주기 위해 이동하고 있었다.

"확실하지?" 이동하면서도 팀장은 계수에게 재차 되묻고 있었다. 계수는 계산기를 빠르게 두드리며 최종 확인을 하고 있었다. 그때만큼은 그의 진지한 표정과 굳게 다문 입술 위에 패인 인증을 자세히 볼 수 있었다.

"돈이 안 맞습니다! 백만 원이 남아요!" 계수가 마침내 소리쳤다. 그는 마치 장난을 치듯, 그것이 매우 즐겁다는 듯했다. 그의 커다란 콧구멍이 벌렁거렸다.

"뭐? 어디서부터 잘못된 거야?" 팀장이 소리쳤다.

"다행히 그전까지 코스는 제가 계산한 바 다 맞고, 지하철역에서 넣으신 것만 확인하면 될 것 같습니다."

팀장은 지하철역으로 돌아가는 내내 욕을 했다. 팀장이 내게 몇 마디를 건넸는데, 마치 나를 원망하는 듯했다. 반면 나는 아무 말도 하지 않았다. 나는 평소처럼 죄송하다고 말하고 싶지 않았다. 나는 매번 실수하느라 괴로워했다. 실수는 언제든 할 수 있는 것으로 생각하면서도, 여전히 나는 그것을 마치 죄처럼 생각했다. 하지만 오늘, 나는 감히 모든 것을 완벽하게 해냈다고 말할 수 있었다.

우리는 다시 지하철 보도 아래로 내려갔다. 그는 조금이라도 서두르기 위해 나에게 열쇠 꾸러미를 던졌다. 나는 한 번도 그 열쇠나 보안카드를 써 본 적이 없었다. 항상 무거운 현금 가방을 들어야 했기 때문이다.

"이리 내놔! 너한테 뭘 시키겠냐." 그가 다시 열쇠 꾸러미를 빼앗았다.

백만 원이 덜 들어간 기계를 찾기 위해 우리는 똑같은 일을 반복해야만 했다. 우리는 마침내 문제의 기계를 찾을 수 있었는데, 그곳은 팀장이 손가락을 베인 자리였다.

"내가 너한테 얼마 달라고 말했지?" 그가 나를 쳐다보는 눈빛이 평소와 다르게 느껴졌다. 나는 아무 말도 하지 않았다. 나는, 그가 정확히 백만 원을 달라고 말했다는 것을 알고 있었다. 하지만 그가 나를 한심하게 쳐다보는 것을 바라보다 고개를 숙일 뿐이었다. 그때, 나는 그가 다시 바닥에 내팽개친 영수증 뭉치를 보았고, 종이로 묶인 백만 원을 정확히 그의 손에 올려놓았던 것도 모조리 기억해낸 것이다.

"수고하셨습니다!" 계수가 차로 돌아온 우리에게 소리쳤다. 그는 여전히 이 모든 것이 즐겁다는 말투였다. 내가 팀장에게 "고생하셨습니다."라고 말했을 때, 그는 내게 "넌 말고."라고 말하며 아주 크게 웃었다. 나는 그때, 내가 곧 일을 그만둘 수도 있겠다는 생각이 드는 것이었다.

우리는 전부 말이 없었다. 평소보다 두 시간은 더 늦게 끝날 터였다. 마지막으로 들릴 곳은 차를 타고 언덕을 올라야 했다. 그곳에 있는 식당으로 우리는 들어갔다. 왜 그곳에서 계수기에 돈을 넣어 액수를 맞춰보았는지는 알 수 없었다. 오히려 팀장은 그때 내게 가장 친절한 듯했다. 우리는 차로 돌아오기 위해 조금 걷고 있었다. 나는 팀장이 사준 음료수를 급하게 마셨다.

"넌 주말에 뭐 하고 사냐?" 그가 갑자기 나에게 물었다. 나는 먼저 걷느라 그의 표정을 보진 못했지만, 쇳소리처럼 들리던 그의 목소리가 매우 부드럽게 느껴졌다.

"책 봅니다." 내가 대답했다. "책? 그게 다야?" 그는 내 대답이 여전히 실망스럽다는 말투였다.

"그럼 무슨 재미로 사냐?" 그가 물었다. 나는 할 말이 떠오르지 않았다. 나는 오늘 일이 모두 끝났다는 생각뿐이었다. 평일에는 여전히 책을 읽지 못했다는 생각이 들었다. 나는 이것이 과연 삶인지에 대해서도 되묻고 있던 터였다.

그때 나는, 김영원 팀장과 함께 주말에도 일했던 날의 기억이 떠올랐다. 내가 현금 가방을 짊어졌고, 김영원 팀장이 계수했던 날이었다. 그때 운전석에 탄 팀장은 아주 친절한 사람이었다. 그의 덩치에 비해 차가 무척 비좁게 느껴졌던 것이 떠올랐다. 그가 내게 일을 그만두면 무엇을 할 것이냐고 물었던 것도 떠올랐다. 나는 그때 아직 잘 모르겠다고 말했을 뿐이었다. 단지 지금 일을 계속하며 책을 볼 작정이었다. 그가 내 대답에 무슨 말을 했는지는 잘 떠오르지 않았다. 그들은 서로 친했지만, 함께 일하는 것은 오랜만인 듯했다.

"한 달에 두 번만 쉰다고? 일 끝나면 뭐 하는데?" 팀장이 물었다. "그냥 아는 사람들하고 맥주 조금 마시는 거죠. 돈도 거의 쓸 일 없어요. 대부분 다 모으는 거죠." 김영원이 말했다.

"아이는 잘 커요?" 김영원이 팀장에게 물었다.

"그럼, 애들 키우려면 나도 쉴 수가 없어. 게다가 주말에는 어디라도 놀러 가줘야지, 맛있는 것도 먹으러 가야지, 그래도 어쩌겠어." 팀장이 말했다.

"나는 결혼해서 애라도 있지. 넌 아직 결혼도 안 했잖아." 팀장이 다시 말을 이었다.

"여자요?" 그들은 실수 하나 없이 일하며 꽤 오랫동안 대화를 주고받았다.

"그러게, 결혼은 왜 하셨어요?" 김영원 팀장이 말했다.

"그때는 하라니까 그런 줄 알았지. 물론 지금은 행복해. 자식들은 엄마만 좋아하는 것 같지만. 네 옆에 똑같은 자세로 누워 있는 아들놈이 하나 있다고 생각해봐라."

"제가 그걸 어떻게 알아요!"

우리는 밤이 되어서야 마지막 장소에 다 달았는데, 그곳은 마사회였다. 많은 사람이 하나같이 텔레비전 화면과 종이를 번갈아 쳐다보고 있었다. 그들은 대부분 내 아버지뻘로 보였다.

한 경기가 끝날 때마다 탄성이 들렸다. 그들은 창구 앞에 줄을 서 돈과 맞바꾼 종이를 들고 제자리로 돌아왔다. ATM에 돈이 없다며 소리치는 사람 때문에 우리는 서둘러야 했다.

나는 이른 아침 영화관으로 향했다. 전화기는 꺼둔 상태였다. 그들이 나 없이 어떻게 일을 할지에 대해 생각하는 것은 내게 아무 의미도 없었다. 어차피 누군가는 그 자리를 대신할 테고, 마치 아무 일도 없었다는 듯이 할 테니 말이다. 일을 그만둔 후, 내 일상은 다시 카페에서 책을 보는 나날들로 채워질 터였다. 나는 아버지에게 일이 힘들어서 그만두었다고 말했다. 아버지는 "그런 힘든 일은 앞으로 하지 마라."라고 말했으나, 역시나 조금 실망한 듯 보였다. 나는 별로 다른 기분을 느끼지 못했다. 일단 통장에는 당분간 쓸 돈도 있었기 때문에 몇 달은 그것으로 버틸 수 있을 것이었다.

  결국 며칠 뒤 아버지는 방으로 들어가려던 나를 또다시 불러 세웠다. 나는 아버지에게 고래고래 소리를 질렀는데, 들어줄 리 없는 말을 반복하기 위해서였다. 아버지는 나를 오해하고 있는 듯했다. 아버지는 내가 여전히 회사에 다니고 싶어 하는 줄 알았던 것이다. 지인을 통해서 여기저기 회사도 알아본 모양이었다. 그동안 나는 아버지가 무슨 생각이라도 했다고 착각했던 것이다.

  "다 그래! 누구나! 다 그렇게 살아! 그게 정상이지! 누가 아르바이트만 하면서 사냐? 글을 쓴다고? 그게 부모한테 할 소리냐? 내가 지금 너한테 글 쓰지 말랬어? 남들처럼 할 건 하고 나서 남는 시간에 그런 걸 하는 거지, 누가 너처럼 살고 싶어 하냐고!" 내가 그런 아버지를 설득하는 것은 불가능했다.

  나도 그렇게 살고 싶다고 말했다. 가능하다면, 나는 이 지긋지긋한 집을 벗어나지 못하는 것이 괴로울 뿐이라고 소리쳤다. 아버지는 그런 나를 때리고 싶은 듯했다. 나는 조금 겁을 먹었다. 생각을 바꿀 수 없는 사람이 늘 그렇듯, 나는 그것도 이해해보려고 노력했다. 그래도 아무것도 달라지는 건 없다고 생각했다. 나는 다시 한번 아버지의 말이 사실인지 물어본 터였다.

"당연한 거야! 생각을 해봐라! 백 명이 좋다면 그게 좋은 거라니까! 한 명이 좋다고 말하든 그게 무슨 소용이냐! 그건 비정상이지!" 그게 아버지의 대답이었다.

나는 절망에 빠졌다. 아버지는 내 말에 목이 터지라고 소리를 질렀다. 나는 여태까지 했던 것이 모두 헛수고라는 사실, 아버지가 내 말에 수긍하려고 노력했던 순간조차 거짓이었다고 생각했다.

"절대 바뀌지 않아. 너무 나이가 들어버렸거든." "아니, 바뀔 수 있어." 처음에는 이러한 희망이라도 있었다. 하지만 아버지는 그 이후에도 오직 텔레비전만 볼 뿐이었다.

"저 망할 텔레비전이나 종일 쳐다보고 있으니까 그렇지!" 나는 그저 보이는 대로, 생각나는 대로 지껄일 뿐이었다.

"넌 왜 자꾸 나를 텔레비전만 보는 사람 취급 하냐?" 나는 언제나 그랬다며 또 소리쳤다. 대화가 끝날 때쯤 나는 언제나 그 텔레비전 탓을 하는 것이었다.

어느 날 집으로 돌아온 나는 돌처럼 굳어진 아버지를 보며 그렇게 생각했다. 커다란 바위는 많은 사람을 지켜주는 수호신처럼 여겨진 것이지만, 그 바위도 언젠가는 이끼가 끼지 않을 수 없었던 것이다. 나는 그런 바위가 있다는 상상을 한 번 했다. 아버지는 그 바위가 두 쪽으로 쪼개질 때까지 텔레비전만 보았던 것이다. 아버지는 언제든 그 소파 위에 앉아 있었고, 집 안이 떠나가라 소리를 치며 다른 사람을 부르곤 했다. 그것은 집 크기와는 상관이 없었다. 단지 오래된 습관 때문이었다.

나는 책 대부분을 팔아치운 상태였다. 꽂을 자리를 찾지 못했던 내 책장도 대부분 텅 빈 상태였다. 나는 좋아하는 철학자의 저작을 전부 모으기 위해 가장 공을 들였던 터였다. 이젠 그 많은 가치가 내겐 아무 소용이 없었다. 내게 남은 책이라고는 그 철학자의 전집이 전부였는데, 나는 그 책들을 모두 중고 서점에 팔아버렸다. 한 번에 갈 수는 없어 또다시 몇 번 나누어서 책을 팔아야만 했다. 생각보다는 적은 돈이 들어왔다. 그래도 몇 번 카페에 가는 돈을 아낄 수는 있을 터였다. 나는 돈에 치를 떠는 사람이 된 자신을 이해할 수 없었다.

그 후에 일했던 곳은 모텔이었다. 하지만 나는 또다시 일을 그만둬버렸다. 나는 단 하루 만에 그곳에서 하는 일과 볼 수 있는 사람들을 전부 본 듯했다. 그들이 나에게 왜 대학교를 졸업하고도 이곳에서 일하냐고 물었다. 나는 "인생을 잘못 살아서요."라고 대답했던 것이 떠올랐다. 첫날이니만큼 그들이 나에게 가장 잘 대해주었던 것은 고마운 일이었다.

남들처럼 일할 생각을 할 수 없는 것도 마찬가지였다. 숙식을 제공한다는 말에 내가 왜 망설였는지를 이해할 수 없었다.

좋아하는 것을 위해 무엇이든 할 수 있다고 생각했으나, 나는 그저 체력이 부족해 인내심 또한 한없이 부족한 사람처럼 느껴질 뿐이었다. 나는 모든 것에 화가 나고 치를 떠느라, 세대가 겪는 괴로움에서 벗어나지 못한 사람처럼 보였다. 다른 사람들은 나를 정신병원에 집어넣고 싶어 하면서도, 누구보다 평범하다고 생각하고 있었다.

이후에도 나는 계속 카페에 다녔다. 나는 그저 고집만 부리는 듯했다. 가슴 한가운데에 심한 통증을 느낀 나는 병원에 다니기도 했다. 의사는 사진에 아무런 이상이 없자, 내게 잊은 듯 사는 것도 하나의 방법이라고 말했다. 가족들은 날 걱정해주었지만, 그것이 온통 자신들을 걱정하는 것으로 느껴졌다. 내게 사람은 오직 욕망 덩어리일 뿐이었고, 인간은 이기적인 동물이기 때문이다. 나는 통증을 자꾸만 참았던 것인데, 오래 앉아있는 일도 하기가 어려웠다.

내 통증은 가실 날이 없었다. 나는 잠에서 깨어나면 곧바로 통증을 느꼈다. 하지만 나는 어떻게든 몸을 추스르고 카페로 향했다. 그것이 내가 할 수 있는 유일한 것이었기 때문이다.

내 통증과는 아무런 관련도 없이 일어난 일들, 지금 순간에도 일어나고 있을 일에 대해 내가 지지부진 다 말하는 것은 불가능하다. 나는 그 많은 대화를 기억할 정도로 또한 기억력도 좋지 못한 것으로 여겨졌다.

어느 날부터인지, 아버지는 소파에 앉아 노래를 부르기 시작했다. 그 노랫소리는 가느다란 음성으로 읊조리듯 했다. 아버지는 언제나 그렇게 노래를 불렀다. 그 소리는 내 방의 문틈을 비집고 들어와 내게도 또렷한 것이었다. 그러면 나는 음악을 크게 틀어 귀를 막아야만 했다.

"혼자 사는 것도 아닌데 도대체 왜 저러는 거야? 자기 집이라 이거지?" 나는 중얼거렸다.

거실에서부터 내 방까지는 몇 걸음 되지 않았다. 집이 좁은 것은 내게 아무 문제가 없었다. 나는 혼자 있는 시간을 가질 수 없어 괴로울 뿐이었다. 카페에서 나는 아무와도 이야기하지 않았고, 오히려 외롭다는 생각이 들었다. 하지만 집에서 나는 조용히 휴식을 취하고 싶을 뿐이었다.

"왔니? 덥지? 샤워 한번 해." 아버지는 내가 집으로 돌아오자 그렇게 말했다. 이 말은 입버릇처럼 반복되는 것이었다. 아마 겨울이었다면 달랐을 것이다. 나는 그러한 것을 또다시 민감하게 느낀 적은 있었지만, 아버지에게 화를 낸 적은 없었다. 너무 사소한 것이기 때문이다. 아버지는 곧 방문을 세차게 두드리며 내게 밥을 먹었냐고 물었다. 그것마저도, 아버지는 된장찌개가 데워진 지 얼마 지나지 않아 아직 뜨끈뜨끈하다고 말했다. 아버지는 '뜨끈뜨끈'이라는 단어를 말할 때 아주 빠르게 말하며 강조하는 것이었다. 나는 그 단어를 언제부터 들어왔는지 생각하느라 두통이 더 심해진 듯했다.

나는 예전보다 심해진 통증 때문에 많은 시간을 카페에서 보내지 못했고, 마땅히 갈 곳을 찾지 못해 집으로 돌아왔다. 얼마 지나지 않아 또다시 아버지의 노래가 들려왔다. 아버지는 매일 두세 곡의 노래만을 반복할 뿐이었다. 텔레비전은 아버지가 집에 있는 내내 틀어져 있었다. 아버지는 어머니가 부른 노래를 핸드폰으로 틀어놓고, 자신은 정작 다른 노래를 불렀다. 이러한 일들이 매일 반복됐다고 나는 말할 수 있다. 단지 나는 그것을 오래전부터 모른 척했던 것인데, 최근에는 그것이 더 명확해졌다.

텔레비전만 보고 있던 아버지가 움직이는 것은 다른 사람들이 외출준비를 할 때나 집으로 돌아왔을 때였다. 아버지는 어머니가 사 온 저녁 반찬들이 무엇인지 살펴보거나, 덜 차려진 저녁상을 물끄러미 쳐다보았다. 우리 집은 빌라의 꼭대기 층이었다. 집이 조금 좁은 대신 화분이나 잡동사니를 가져다 놓을 수 있는 작은 옥상이 있었다. 아버지는 거기서 분리수거를 하는 것에 유독 신경을 썼고, 페트병들을 한데 모아 끈으로 묶어 건물 밖에 내다 놓았다. 설거지는 내가 도맡아 했지만, 아버지는 간혹 내가 설거지를 마치면 부엌을 돌아다니며 뒷정리를 했다. 아버지는 음식쓰레기를 치우거나 쓰레기통을 비우는 것도 항상 거르는 법이 없었다. 집 안의 온갖 일에 관여하거나 잔소리를 하는 일도 잦았다.

이러한 생각들은 유난스러운 것이지만, 나는 아버지를 이해해보려고 노력하고 있었다. 그리고 예전에 나를 떠올릴 수도 있었다. 나는 그때 대부분 집 안에서만 시간을 보냈기 때문이다. "넌 왜 자꾸 내가 집에 오면 화장실을 가?" 퇴근하고 돌아온 누나가 내게 그렇게 말했던 것이다. 단지 나는 모든 것을 그저 의심할 뿐이었다. 실제로 무슨 일이 일어나는지 내가 알 수는 없다.

어느 날 집 앞에 도착한 나는, 광택을 낸 듯 깨끗한 아버지의 차를 보았다. 아버지는 매일 차를 닦는 일이 오직 취미인 사람 같았다. 곧 계단을 오르던 내게는 번개처럼 하나의 생각이 떠올랐다.

"내가 집에 왔을 때만 노래를 부르는 게 아닐까?" 이것은 내가 최근 떠올린 생각 중 가장 그럴싸했다. 만약 그것이 사실이라면, 아버지가 무엇이라도 하려고 하는 것이라면, 나는 듣기 싫다는 말도 해서는 안 될 노릇이었다.

아버지는 텔레비전을 보고 있었다. "덥지? 오늘 날씨가 어떻게 더운지, 샤워 한 번 시원하게 해." 아버지가 말했다. 나는 아버지의 머리가 짧아졌다는 것을 금방 알 수 있었다.

"미용실 다녀왔어요?" 내 말에 아버지는 그렇다고 했다. 방으로 들어오자, 곧장 아버지의 노랫소리가 들려왔다.

"내가 미친 게 분명해." 나는 중얼거리며 무거운 가방을 내려 놓았다.

선풍기는 침대 위에 놓여있었고, 바닥에 놓여있던 선들도 모 두 침대 모서리 내 옷들 사이에 파묻혀 있었다. 그것은 내게 아버지가 바닥을 닦았다는 증거일 뿐이었다.

아버지는 매일 걸레를 빨아 바닥을 닦았다. 아버지는 그것에 이름이 무색할 정도로, 걸레를 짜내는 아버지의 몸은 전부 땀 으로 젖어 있었다. 내가 어릴 적부터 아버지는 그런 사람이었 다. 나는 그토록 매일 바닥을 닦아대는 사람, 옷에 묻은 먼지 를 테이프로 떼어가며 입는 사람이 병자가 아니면 무엇이냐고 따진 적도 있었다.

"나는 결벽증이 아니야." 그때 아버지는 손사래를 쳤다.

"텔레비전에 나온 사람들처럼 내가 더러운 것도 못 만지고 그 렇진 않잖아? 온 집 안을 먼지 하나 없이 청소하는 사람들이 나 병원에서 치료를 받는 거지. 그건 네가 잘못 안 거야."

그건 사실이었다. 아버지는 오직 보이는 곳만 쓸고 닦았다. 매일 아침 미니 청소기를 들고 거실부터 부엌에 있는 식탁 아 래까지 아버지는 모든 먼지를 빨아들일 듯 허리를 숙였다.

아버지는 자주 목욕을 하며 때를 밀었다. 그때마다 더러운 걸레를 정성껏 빨아 널어두곤 했다. 하지만 최근에는 그냥 목욕만 하는 듯했다. 싼값에 샀던 물티슈를 쓴 아버지는 그 이후 물티슈를 이용해 바닥을 여러 번 닦았다.

집을 나섰던 나는 지갑을 두고 나왔다는 사실에 마음이 불편했다. 귀찮은 것은 내게 오직 시간문제였다. 나는 다시 계단을 오르고 있었다. 카페에 가기 위해서는 지갑이 꼭 필요했다. "내 방을 청소하고 있으면 어쩌지?" 내가 집을 나서자마자 아버지가 곧바로 내 방을 청소할 것이라는 생각도 나는 했기 때문이다. 그렇게 나는 내 방을 청소하던 아버지와 눈이 마주쳤다. 그러면 나는 곧바로 지갑을 챙겨 밖으로 나오곤 했다.


어머니는 최근 건강에 좋다는 음식을 잔뜩 만들었다. 그것들은 오랫동안 접시에 담겨 냉장고에 있거나 더운 날씨에 금방 쉬어버리기도 했다. 어머니의 잔소리도 마찬가지였다. 나는 고쳐질 수도 없을 그 소리가 듣기 싫었지만, 나를 걱정하기 때문이라고 생각하며 듣고 넘기기 일쑤였다.

어머니는 내가 카페에 있을 때 자주 매일 문자를 보내곤 했다. 다른 어머니들이 그렇듯, 어머니는 꽃이나 좋은 말들이 적힌 사진을 보내오곤 했다. 하루는 내가 두통에 시달리며 책을 읽지 못했을 때, 어머니는 꽃과 함께 꽃말이 적힌 사진을 보내왔다.

나는 어머니에게 전화를 걸어 두통을 호소했다. 최근에도 나는 계속 참았지만, 진통제를 먹어야 할 정도로 두통은 심한 상태였다. 그 진통제마저 듣지 않는 날이 허다했다. 두통 때문인지, 나는 어머니에게 예전 일에 관해 이야기를 꺼냈다.

"예전에 의료사고 났을 때, 의사 멱살 한 번 못 잡아줘서 미안해요. 그땐 내가 멍청해서 그랬어. 지금이었으면 그 병원을 뒤집어 놓았을 텐데."

"이제 괜찮아. 어디가 어떻게 아픈데? 병원에 같이 가보자. 큰 병이라도 있으면 어떻게 해." 나는 그 말에 농담하듯 어머니에게 말했다.

"그래서 새벽에 내 방에 몇 번이고 와서 잠을 깨우는 거야?"

이제 나는, 그러한 농담을 건네는 데에 익숙해져 있었다. 하지만 나는 여전히 어머니에게 미니 선풍기를 사주는 것이 고작이었다. 돈이 없었기 때문이다. 물론 그 돈도 내 돈이 아니었다.

간혹 나는 시장에서 파는 빵을 사 들고 집으로 돌아갔다. 새하얀 치즈와 팥 앙금을 넣어 만든 기다란 호밀 빵이었다. 빵 위에는 새하얀 서리처럼 가루가 뿌려져 있었다. 나는 아버지가 무엇을 좋아하는지 모른다. 나는 아버지가 그 빵을 사 오라며 어머니에게 말하는 것을 들었을 뿐이었다. 나는 그 빵을 사기 위해 망설이다, 지나친 길을 돌아 빵을 샀다. 나는 아버지가 정말 호밀 빵을 좋아하는지도 알 수가 없었다. 호밀 빵은 제일 잘 팔리는 것이었기 때문이다.

오랜만에 나는 책 한 권을 샀다. 그 책의 주인공은 개였다. 나는 아버지가 동물이 나오는 프로그램을 자주 본다는 것은 알고 있었다. 그래서 그 책을 선택했을 뿐이었다.

부모님은 저녁 식사를 하고 있었다. 아버지가 또다시 나를 먼저 불렀다. 내가 아침에 병원에 가지 않겠다며 화를 냈기 때문이었다.

나는 분위기를 만들기 위해 대뜸 어머니가 숨겨놓은 음료수를 꺼내 보이며 농담을 던졌다. 하지만 아버지는 농담을 전혀 좋아하지 않는 사람 같았다.

"너 자꾸 돈 걱정하느라 병원에 가기 싫다는 거니?" 아버지가 물었다. 한동안 나는 가방을 둘러맨 체 그 이야기를 해야만 했다. 결국 나는 병원에 계속 다니겠다고 말했고 그제야 아버지에게 책을 내밀었다.

"원래 오래된 책은 대부분 지루해서 못 읽는데, 이 책은 그나마 재밌어요." 아버지는 그것이 선물이라는 생각을 도통 못하는 것 같았다. 오늘은 어버이날도 아니었다. 그래도 아버지는 내게 고맙다고 말했다.

"적립금 써서 산 거라 돈 하나도 안 들었어요." 아버지는 읽어보겠다고 말하며 책을 식탁 위에 두었다. 다시 나는 부모님과 병원에 관해 이야기했던 것 같다. 그리고 아버지가 내게 다시 물었다.

"근데 갑자기 책은 왜 주는 거냐?" 나는 그때 '그냥'이라고 말했으면 얼마나 좋았을까?

"좋아하는 걸 좀 찾았으면 해서." 나는 아버지가 항상 집에만 있는 게 싫다고 말했다. 종일 텔레비전만 보고 있다는 것은 내가 몇 번이나 따졌던 것이었고, 밖에서 할 수 있는 무언가를 좀 찾았으면 한다고 말했다.

"그건 네가 시건방진 소릴 하는 거지!" 아버지가 결국 화를 내기 시작했다. 나는 아버지의 반응이 당연하다 여겼다. 나는 아버지가 억지로 하는 일에 매달리는 것을 지적하자, 기분이 상한 것으로 생각했다. 아버지는 텔레비전을 보는 것이 뭐가 어떠냐며, 그것이 좋아서 하는 일이라 말했다. "그럼 노래는 왜 부르는데?" 나는 왜 텔레비전을 보는 사람이 노래를 부르는지 이해할 수 없는 일이라며 소리쳤다. 왜 온종일 텔레비전을 틀어놓고 노래를 부르는지, 나는 아버지가 아침 9시에도 노래를 불렀으며, 자정에도 읊조리듯 노래를 부르는 것이 괴롭다고 말했다.

"내가 언제 그랬어!" 아버지는 냅다 소리를 지르며 나를 나무랐다. 나는 분명 그렇다고 했지만, 내가 집에 없는 시간에도 아버지가 노래를 부르는지는 알 수 없는 노릇이었다. 나는 괴로움을 피해 밖에 나갔고, 갈 곳이 없어 집으로 돌아올 뿐이었다. 나는, 좋아하는 일을 하는 사람은 그렇지 않다고 말했다.

"너는 할 수 없지만 나는 할 수 있다니까!" 아버지는 핏대를 세우고 밥풀을 튀겨가며 소리를 질렀다. "그럼 너는 예전에 왜 그렇게 노래를 불렀는데?" 아버지가 내게 대뜸 물었다. 나는 그 질문에 그저 좋아서라고 대답했을 뿐이었다. 나는 이제 노래를 부르지 않았고, 어머니를 쳐다보며 되물었다. "말해봐, 엄마는 노래에 환장한 사람이잖아. 종일 노래 부를 수 있어?" 어머니는 대답하지 않은 채 싸움을 말리는 일에만 열심이었다.

"네 걱정이나 해. 어디 버릇없이 부모한테 좋아하는 걸 찾느니 마느니, 그게 지금 네가 할 소리야?" 아버지는 고모 일을 돕는 것, 고모와 장을 보는 일이 자신의 즐거움이라고 말했고, 찾을 수 있다면 얼마든지 좋아하는 일을 찾을 수 있다고 말했다. "아니, 그렇지 않아." 내가 말할 수 있는 것은 고작 그런 것, 그 것이 마음대로 되지 않는다는 말뿐이었다.

"돈을 벌어다 주지 못할망정, 네가 왜 부모가 뭘 좋아하는지 신경을 쓰냐 말이야! 회사도 가기 싫다고 아르바이트만 하고 있잖아." 아버지가 말했다. "돈을 못 벌어다 줘서 집에서 텔레비전만 보는 거야?" 내가 소리를 질렀다. "돈 지랄을 못 해서! 남들처럼 골프 하고 여행을 못 가서 그러는 거냐고!" 나는 아버지가 내버려 둔 책을 다시 흔들며 소리쳤다. "한 푼도 들지 않았다니까!" 그런 것은 아버지를 화나게 할 뿐이었다.

"그럼 앞으로 어쩌게? 백 살까진 살고 싶어 하는 것 아냐? 그럼 앞으로 대략 사십 년은 더 볼 수 있겠네! 이제 그런 말 하지 않을 테니까 저 망할 텔레비전이나 계속 봐!" 나는 더는 이야기를 하고 싶지 않았다. "네 앞가림이나 해!" 돌아서던 아버지도 나를 손가락으로 가리키며 말했다. 그것은 맞는 말이었고, 나는 괜한 짓을 저질렀다는 생각이 들었다. 항상 싸움은 그 정도에서 더 커지지 않았다. 아마 무엇을 해도 손해라는 생각 때문이었을 것이다.

하지만 오히려 나는 아버지가 했던 말이 떠올라 다시 물었다. "내가 일 순위라며? 맞아?" 아버지는 그렇다고 대답했다. "정말이야? 거짓말하는 게 아니라? 그럼 내가 최대한 돈을 적게 벌게 도와줘야 하는 거야! 누가 빌붙어 처먹겠대! 돈 줬잖아! 빌붙어 처먹기 싫어서 조금이나마 갖다 줬잖아!" 아버지는 그런 것이 아니라고 대답했다.

"지금은 내가 돈을 벌지만, 나중에 돈을 못 벌면 네가 가족을 먹여 살려야 할 것 아니냐."

"한 달에 몇백씩 갖다 줘야 하는 거야? 얼만지 말해, 대신 난 종일 노예 새끼처럼 일 못 해!"

"그건 네가 짧게 일하고 돈을 벌 능력이 없으니까 그렇지." 아버지가 손가락으로 내 가슴을 누르며 비웃듯 말했다. 나는 아버지에게 좀 가르쳐주지 그랬느냐고 말하려다 말았다. 적게 일하고도 많은 돈을 벌 수 있다면 나는 얼마든지 그렇게 했을 것이다. 나머지 시간에는 온전히 책을 보고 글을 쓸 수 있을 것이기 때문이다. 하지만 내겐 많은 돈을 벌 만한 재주가 없었다. 나는 앞으로 어떻게 해야 할지, 내게는 오직 괴로움만 있는 듯했다. "최대한 빨리 읽어줘. 갖다 팔아 버릴 거니까." 나는 가져 가려던 책을 다시 뺏는 아버지에게 말했다. 아버지는 그러한 말들은 다 진짜라고 믿는 듯했다.

결국, 그날 저녁 아버지는 자기가 하고 싶은 말을 하는 듯했다. "그래도 네가 아빠, 엄마를 책임져주겠다는 거잖아?" 아버지는 빙긋 웃고 있었다. "그래! 책임져줄게! 책임질 거야!" 나는 그 말에 화가 치솟았다. 그리고 소파에 앉은 아버지를 향해 소리쳤다. "그게 그렇게 중요해? 그래서 평생을 그렇게 영원할 것처럼 살았어? 사람은 언젠가 죽어! 저 망할 텔레비전 꺼지듯이 죽는다고!" 나는 텔레비전을 가리키며 말했다. 아버지는 더는 내 말을 들을 필요도 없다고 생각하는 모양이었다. 아버지는 어쨌든 책을 보고 최대한 빨리 돌려주겠다고 말했다. 나는 아직도 분이 풀리지 않은 상태였다. 하지만 아버지의 주름 진 얼굴을 더 쳐다볼 수가 없을 지경이었다. 가슴 통증이 너무 심했기 때문이었다.

"넌 사내자식이 울지 좀 마라." 아버지가 내게 말했다. 갑자기 눈물이 나는 나 자신을 이해하지 못할 지경이었다. 나는, "그건 아빠가 다른 사람을 위해 울어 본 적이 없기 때문이지."라고 대답할 뿐이었다.

나는 돈도 벌지 못하면서 부모가 무엇을 좋아하는지에 대해 신경 쓰는 한심한 인간이었다. 정반대의 인간이 되고 싶다는 생각이 간절했다. 나는, 종일 쓰레기를 만드느라 연필과 종이만 낭비할 뿐이었다.

그 후 아버지는 내게 처음인 듯 용돈을 주곤 했다. 줄 때 받으라는 말이 내게 무엇을 말하는지, 나는 그 이유를 생각해보려다 또다시 그만두었다. 나는 그 돈들을 쓸 일도 없었고, 함부로 쓰지도 못했다. 더 오랫동안 카페를 갈 수 있다는 생각만 했을 뿐이었다.

이러한 일들이 얼마나 자주 일어났는지, 어느 정도의 시간이 흐르며 일어난 일인지 나는 모른다. 여름에 일어난 일인지, 그것이 호주에서 일어났다 한들 달라지는 건 없다. 분명한 것은 인간이 쉽게 바뀌지 않는다는 사실이다. 그가 무엇인가를 알게 되었다고 느끼는 순간이 있다. 얼마를 살았든, 그는 자신이 살아온 삶에 적어도 두 배나 되는 시간도 떠올리지 않을 수 없다.

나는 두통이 심해 늦게까지 잠을 잤다. 정오가 되어서야 나는 겨우 카페로 갈 채비를 하고 있었다. 그때 누군가 초인종을 누른 뒤 문까지 세게 두드리는 소리가 들렸다. 집에는 나 혼자

뿐이었고 문 앞에는 경찰 두 명이 서 있었다. 문을 열자, 젊은 경찰이 내게 물었다.

"혹시 계단 위에 두었던 쇼핑백을 보셨는지 궁금해서요."

나는 조금 당황하느라 얼버무리며 모른다고 대답했다. 반 계단 위에는 앞집과 우리 집만이 택배를 놓아두는 곳이기도 했다. 경찰은 쇼핑백 안에 피규어가 들어 있었다고 말했다.

"오늘 아침 6시쯤에 두었다는데 계속 집에 계셨어요?" 나는 그렇다고 대답했다. 그곳은 택배를 가끔 놔둘 뿐, 나는 부모님도 아마 모르실 거라고 대답했다. 내가 반 계단 위를 가리키며 문밖으로 발을 내디뎠을 때, 계단 위에는 경찰에 신고한 앞집 남자아이가 벽에 붙은 채 나를 쳐다보고 있었다. 경찰은 내게 부모님께 직접 전화를 해서 확인해 달라고 말했고, 나는 왠지 좀 허둥댔다. 그렇게 경찰은 다른 집에 물어보겠다며 내 이름과 전화번호를 묻고는 사라졌다.

저녁까지 나는 기분이 좋지 않았다. 나는 저녁이 되어서야 그 일을 어머니에게 말하며 화풀이를 했다.

"나랑 한 번 인사도 한 적 없으면서! 직접 찾아와 묻지는 못할망정 경찰에 신고했다니까!" 어머니는 나에게 그 남자아이는 평소 잘 모르나, 그 아이의 어머니와는 인사도 하는 사이라고 말했다.

아버지가 곧 집에 들어왔고, 무슨 일인지를 묻기에 나는 또

다시 화풀이했다.

"나는 죄를 지었다고 생각하는 사람이라! 경찰이 왔는데 내가 마치 죄를 지은 것처럼 행동했다니까!" 아버지는 내 말에 별것 아니라고 대답하며, "우리가 그런 걸 훔쳐서 팔 것도 아닌데!"라며 나에게 신경 쓰지 말라고 했다.

나는 앞집 남자아이가 오히려 위험하다고 생각해 그놈에게 화를 내지 못했다. 나는 일단 화풀이를 한 탓에, 아버지에게는 어딜 다녀왔냐며 물었다.

"오늘 무슨 날인가? 나도 경찰서 다녀오는 길이야!" 아버지가 웃으며 말했다.

그 이유를 묻자, 아버지는 아침에 있었던 일을 설명했다.

"차를 타고 가는데, 앞에 오토바이가 좀 느리게 가더란 말이야! 그래서 내가 속도를 좀 내서 앞질렀지. 근데 그놈이 따라와서 유리창을 두드리더니 '그렇게 살지 마! 이 새끼야!' 하지 뭐냐? 그래서 길가에 차를 세우고 좀 싸웠지."

나는 어처구니가 없어 말을 잇지 못했다. 아버지는 그놈과 서로 경찰서에서 사과하고 돌아왔다고 했다. "내가 그놈 목을 이렇게 졸랐더니, 목에 시퍼렇게 멍이 들었지 뭐야." 아버지는 상대방의 목을 조르는 시늉을 하며 벽에 밀어붙이듯 몸을 움직였다. 아버지는 그게 마치 재밌는 일인 것처럼 말했다.

"왜 그 새끼 목을 졸랐어?" 내가 소리쳤다.

"아니 그럼, 그 어린놈이 나한테 욕을 하는데 가만히 있냐?"

"나는 앞집 놈이 내 부모한테 해를 끼칠까 봐 따지지도 못했는데, 그 새끼 목을 졸랐어? 나도 그럼 가서 그놈 멱살이라도 잡을까?" 나는 아버지가 이름도 모르는 놈과 싸웠다는 것에 화가 나 소리쳤다.

"넌 왜 그런 거로 신경을 쓰냐? 신경 쓸 필요 없어."

다음 날, 나는 어제의 일을 잊고자 다짐했다. 집에서 나가기 전 나는 아버지가 어디론가 전화를 걸어 소리를 치며 이야기하는 소리를 들었다.

"우리 집이 빌라 꼭대기인데요. 이사 온 지 삼 년 정도 됐는데, 반 계단 위에 잡동사니가 엄청 많아요. 누가 갖다 놓은지도 모르는데 매년 쌓이기만 해서 아주 골칫덩이예요! 거기 박스도 많은데, 불이라도 나면 어쩌려고 그러는지! 그것 좀 해결해주세요!" 아버지는 집 주소를 이야기하고는 전화를 끊었다.

"어디에 전화를 한 거예요?" 내가 물었다.

"동사무소에 했지! 여기 계단 위에 잔뜩 쌓여 있는 것들 봤지? 먼지도 쌓이고 무슨 이상한 냄새도 나서 빨리 치우라고 전화했지!" 지금 더위에 불이라도 나봐! 그걸 누가 책임지냐고!" 나는 곧 나갔다 오겠다며 말했다. 아버지는 내게 점심을 챙겨 먹으라고 말했고, 나도 아버지에게 점심은 꼭 챙겨 드시라고 말하며 집을 나섰다.

4부

'현 지점은 8월 26일까지만 운영합니다.'

내가 중고서점의 이전 소식을 아쉽다고 느낀 것은 아니었다. 조금 떨어진 거리에 들어선 서점은 더욱 큰 규모로 지어져 사람들의 발길이 끊이지 않았다. 나는 이제 익숙한 눈길로 서점 안을 천천히 둘러볼 뿐이었다. 그때는 내게 뜀박질을 하도록 만들었던 책을 누군가 가져가는 모습도 볼 수 없었다. "저 사람도 또다시 이곳에 오겠지." 나는 책을 사려고 기다리는 사람을 멀뚱히 지켜볼 뿐이었다.

"제 발로 감옥에 들어가는 꼴이군."

배고픔은 참으면 사라지는 것임으로, 나는 걷는 일이 귀찮아 햇볕을 쐬는 일도 하지 않았다.

"이젠 궁금한 것도 모조리 없어진 기분이야."

내가 가진 책은 대부분 읽기를 미루다 못해, 젖은 자국이나 찢어진 흔적 때문에 팔아치울 수도 없는 책이었다. 나는 여전히 책장에 책이 가득해야만 손에 든 책을 읽을 수 있다고 생각하는지도 몰랐다. 하지만 나는 다 읽은 책을 곧바로 팔아버리곤 했다. 나에게 당장 필요한 책이 아니더라도, 나는 이유도 없이 책을 사고는 곧장 다음날 팔아, 자신의 실수를 돌이키고자 했다. 책을 팔고자 했을 때, 나는 예전에 느끼던 감정도 모두 잊어버린 듯했다.

"도대체 내가 그걸 어떻게 바랄 수 있단 말이야?" 내게는 단지, 오래전부터 가지고 있었던 의문 하나만이 남아있었다.

"책을 읽는 건 내 과거의 고통에 대해 생각해보는 일이지만, 나는 그것을 마치 원했던 것처럼 생각해왔을 뿐이야. 그래야만 나는 강한 사람이라고 믿었으니까." 나는 페이지를 퍼든 채 한참 생각에 잠겨있었다. "하지만 나는 그것을 원했다고 말하는 방법에 대해서는 여태까지 아는 바가 없어. 내가 매번 붙들고 있었던 책들은 문장을 그대로 옮겨만 놓았을 뿐이고, 나는 어떻게든 책을 읽었지만, 실망만 했을 뿐이잖아. 어느 하나도 내가 소홀하게 생각하지 않았다고 해서 가장 중요한 것에 대해 석연찮은 감정을 느끼고 싶었던 건 아니라고!"

나는 가장 구석진 자리에 앉아 있었다. 내 주변에는 여전히 아무도 없었다. 위태롭던 테이블의 다리 하나가 떨어진 채 달린 척을 할 뿐이었다. 나는 테이블에 몸을 지탱해, 부서진 테이블의 한쪽 다리를 대신하고 있었다.

나는 다시 핸드폰을 들여다보았다. 나는 틈날 때마다 작은 화면 속을 들여다보는 일을 좋아하는 사람 같았다. 책을 읽을 수 없는 기분이라는 것은 그저 사소하고 아무짝에도 쓸모없는 것에도 의미를 부여했다.

"내게는 그저 시간이 아깝다는 생각뿐이야. 지금의 기분 따위 아무것도 아니지만, 자신을 북돋는 일도 더 이상 내겐 벅찬걸."

'부모 앞에서 자살한 남자'라는 제목은 충격적이고 자극적이었다. 물론 나는 그 영상을 보잘것없이 보고 넘길만한 것 중 하나로 여겼다.

사건은 외국 어딘가에서 일어난 일인 듯했다. CCTV로 보이는 흑백 화면은 처음에 두 사람을 보여주었다. 나는 그곳이 식료품 가게라는 사실을 알 수 있었다. 어머니로 보이는 여자가 화면 왼쪽에 있는 진열대에서 물건을 정리하고 있었다. 화면 오른쪽 카운터에 앉아 있는 사람이 그녀의 아들이라는 자막이 내게 보였다. 아들은 꿈쩍도 하지 않고 몸을 수그린 채 핸드폰을 들여다보고 있었다.

곧 한 남자가 화면 안으로 들어왔다.

'앞으로 어떻게 할 거냐!'

자막은 아버지가 아들이 매일 놀기만 한다며 나무라고 있는 상황을 대신 설명해주었다. 아들은 늘 있는 일이라 여기는 듯 아버지를 쳐다보지도 않았다. 한동안 아버지의 뒷모습이 아들의 모습을 거의 가리고 있었다.

그때가 편집점인 듯, 화면은 조금 시간이 지난 화면을 보여주었다. 아들은 여전히 아무 말도 하지 않았다. 그때 아버지는 바지 허리춤에 있던 권총을 장전해 아들의 배를 겨누었다. 그때도 아들은 오직 핸드폰만 쳐다보고 있는 듯했지만 정확한 모습은 보이지 않았다. 아버지는 다시 그 총을 아들 앞에 놓아두었다. 화면이 흐려 잘 보이지 않았지만, 그것은 총구가 얇고 긴

리볼버였다.

'이렇게 살 거면 차라리 죽어!'라는 새빨간 자막이 큼지막한 글씨로 화면 하단에 나타났다. 그 모습을 지켜보는 어머니가 뭐라고 말했는지는 알 수 없었다. 아버지는 아들을 뒤로한 채, 화면 위쪽에 있는 진열대의 물건을 정리하며 서 있었다.

갑자기 화면이 카운터에 앉아 있는 아들로 클로즈업됐다. 아들은 그 자세 그대로, 아까와는 달리 손을 놀리지 않고 있었다. 그와 함께 섬뜩한 음악이 깔리는 것이었다. 아들은 총구를 자신의 관자놀이에 대고 단 일 초도 망설이지 않았다. 정확히 한 발만으로, 아들은 처음 카운터에 머리를 찧더니, 뒤로 발라당 자빠져 화면에서 감쪽같이 사라져버렸다.

나는 더 이상 아무 소리도 들리지 않는 화면을 빠짐없이 지켜보고 있었다. 일하던 어머니는 가장 끝에서부터 아들 곁으로 기어오고 있었다. 아버지는 서 있던 자리에 그대로 나뒹굴며, 곧 양팔과 다리를 하늘 위로 휘저었다. 나는 그 모습이 마치 천장에 달린 모빌을 보고 좋아하는 아기처럼 보였던 것이다.

그 이후 나는 무엇에 홀린 사람처럼 억지로 책을 보는 일, 핸드폰으로 자극적인 영상을 찾아보는 일도 도무지 할 수 없게 되어버렸다. 나는 하나의 기분밖에 느끼지 못하는 사람 같았다. 나는 몇 주 동안 단 한 페이지도 읽지 못했다. 눈으로 문장을 따라가는 것은 아무런 소용이 없었다. 나는 언제든 소리를 내어 읽기도 하고, 하나의 문장 앞에서 얼마든지 스스로가 기특한 생각을 하며 시간을 보낼 수도 있었던 것이다.

"하지만 내가 결국 아무것도 바뀌지 않았다는 거지." 예전의 나는, 단 한 권의 책도 읽지 않았으며, 책이란 인생에 아무런 도움이 되지 못하며 지루하기 짝이 없는 것이라 여겼던 것이다.

커피는 처음 모습 그대로 쓰레기통에 버려졌다. 저녁이 되자 어김없이 카페는 사람들로 붐볐다. 그들은 언제나 그런 듯했고, 나는 그들을 못마땅하게 여기는 것이 분명했다. 내가 카페에서 하는 것이 있다면 허리를 꼿꼿하게 세우거나 숙이는 일의 반복뿐이었다. 그때는 바깥으로 나가서 뜨거운 태양을 온몸으로 받는 일도 내겐 버거웠다.

"무엇을 해보려고 해도 할 수가 없어. 나는 원하는 것도 못하고, 다른 사람에게 인정받는 일은 팔 하나를 내주고도 할 수 없는 일이니까."

내가 할 수 있는 것은 그 여러 날에 걸쳐 날짜를 적고 글을 쓰는 일뿐이었다. 그것도 머지않아 그만둔 나는, 조금 다른 생각에 힘입은 푸념만으로 공백을 채우고 있을 뿐이라는 사실을 깨달았다. 대부분의 시간 동안 나는 상상을 하거나 상념 중 하나를 꺼내 보는 일을 반복하는 것이었다. 그것도 대부분 비슷한 것이었다.

내가 여전히 잠에 빠져 있었던 것. 나는 이 상상을 하루에도 수십 번 했다고 말할 수 있었다. 나를 최초로 발견한 사람은 내 어머니였다. 내가 아직도 자고 있다는 것은 어머니를 크게 경악시킬 일이었다. 물론 나를 깨우는 어머니에게는 아무런 악의가 없었다. 그것은 나를 위한 일로 당연했다. 어머니가 언제 나에게 화를 낸 적이 있었던가? 나는 그것을 전혀 잊어버리지 않았지만, 잊어버릴 만큼 오래된 일이라고 생각했다.

나는 어머니에게 거짓말까지 하며 동전 몇 개를 얻어 오락실에 갔던 적이 있었다. 그때 나는, 팔뚝에 땟국물이 흐를 때까지 뛰어노는 것을 좋아했고, 친구를 따라 처음 가게 된 오락실에 흠뻑 빠져 있었다. 주말 일찍 나는 아침도 거른 채 동전 몇 개를 가지고 홀로 오락실로 향했다. 곧 나는 아무도 없었을 오락실에서 오락에 빠져들었고, 누군가 내 옆에 앉는 것을 신경 쓸 겨를이 없었다.

그 남자가 나를 만진다는 사실보다, 내게는 그때 먼 스테이지까지 게임을 하고 싶다는 생각, 할 수만 있다면 그 게임을 종일 하고 싶다는 생각뿐이었다. 허름한 의자 위에서 내 다리가 땅에 닿지 않자, 들리지 않던 매미 소리가 들리기 시작하는 것이었다. 나는 오락이 더 하고 싶었지만, 내 주머니에는 먼지밖에 없었다. 그 남자가 말하지 않았어도, 나는 어머니에게 또다시 동전을 얻어내 오락실에 올 생각이었다.

나는 집으로 돌아가, 어머니가 미리 차려놓은 점심을 허겁지

177

겹 입안으로 집어넣었다. 그때 어머니는 새빨간 대야에 무엇인가를 버무리고 있었다. 나는 어머니에게 동전 몇 개를 달라고 말했다. "돈은 어디에 쓰려고 그러니?" 어머니는 퀭한 얼굴로 나를 쳐다보며 말했다.

나는 이유는 묻지 말라는 듯 손을 내저으며, 입안에 음식을 모두 삼킨 뒤에는 시장에서 친구들이 기다리고 있으니 서둘러 가보아야 한다는 말만 반복했다. 나는 오락실에 간다는 말은 하기가 두려웠고, 그 말은 끝내 하지 않은 채 다시 한 번 어머니에게 돈을 달라며 얼버무렸다. 어머니는 고춧가루가 잔뜩 묻은 고무장갑을 벗으려고 시늉을 하다가, 이내 나에게 화장대 첫 번째 서랍을 열어보라고 말했다.

나는 냉큼 안방으로 달려갔다. 사실 화장대라고 하기보다 나무로 만든 서랍장에 불과했다. 서랍장 옆에는 몇 권의 책들이 쌓여 있었다. 건강에 관련된 자그마한 잡지와 일본어책이 그것이었다. 서랍장 위에는 몇 개의 화장품이 전부였고, 화장할 때 쓰는 듯 보이는 거울에는 얼룩이 잔뜩 묻어 있었다. 나는 첫 번째 서랍을 열어보았는데, 찾는 동전들은 보이지 않고 두꺼운 검은 양말 몇 개와 손톱깎이, 내 흥미를 끌지 못하는 물건들만 눈에 띄었다. 나는 그것들을 치우고 안쪽 바닥에서 백 원짜리 동전 몇 개를 발견했다. 나는 동전을 챙겨 신발을 신는 동시에 뛰기 시작했다.

지름길을 내달려 시장길에 접어들어서야, 나는 귀찮게만 느껴졌던 그 남자를 문득 떠올렸다. 하지만 나는 또다시 오락실로 향했다. 오락이 너무 하고 싶어 견딜 수 없었기 때문이다. 한참이 지나 나와 그 남자가 오락기의 화면을 쳐다보고 있었던 그때, 내 이름을 부르며 나의 어깨를 짚은 사람이 내 어머니라는 사실에 나는 놀라지 않을 수 없었다. 그때도 어머니는 내게 화 한 번 내지 않았던 것이다.

　책상과 책장은 나무처럼 깊게 바닥으로부터 박혀있었다. 내가 잠에서 깨어나 곧 학교에 갈 것이라는 믿음은 그 무엇보다도 굳센 것이었다. 나는 여전히 꼼짝도 하지 않았지만, 곧 일어날 것이란 믿음을 주었던 것이다. 어머니는 나를 흔들어 깨우기 시작했다. 하지만 나는 가장 약했을 강도에도 꼼짝하지 않았다.

　나는 죽어있었다. 나의 몸은 차가웠고, 살짝 열린 입은 고르게 숨을 들이마시고 뱉은 것을 오래전 일처럼 느끼는 듯 굳어져 있었다. 그 많은 일을 해왔던 나의 팔과 다리도 나뭇가지처럼 뻣뻣했다. 나는 참으로 어떠한 기대도 만족하게 하지 못했지만, 싸늘한 주검으로 변해 있었다. 나는 불필요한 존재로도, 세상의 한쪽 귀퉁이에 누워 자리를 차지하고 있었던 것이다.

　나는 집에서 책을 볼 수 없는 이유에 봉착한 듯했다. 도저히 불편하다는 생각을 지울 수 없었기 때문이다. 어떻게 하면 집을 가장 불편한 곳이라 여길 수 있는지가 내겐 의문스러웠다.

그에 비해 나는 평생을 집에만 틀어박혀 있어야 하는 인간이었다. 나는 한 번도 마음 놓고 노래를 불러본 적이 없었다. 노래가 부르고 싶어 미쳐버릴 지경이었지만, 누군가 내 노래를 들을 것이 겁이 났던 나는 다른 사람들 앞에서 제대로 노래를 불러본 적도 없었다.

카페에 앉아 있던 나는 이제, 아버지가 왜 그토록 나를 주말마다 목욕탕에 데리고 간 것인지를 알게 된 것만 같았다. 아버지는 나를 뜨거운 온탕 안에 밀어 넣고 즐거워했다. 온몸이 익는 듯 느껴지는 괴로움은 잠시뿐이었다. 아버지가 때 타월로 내 팔을 미는 탓에 나는 본 적도 없는 물건을 떠올릴 수도 있을 정도였다. 나는 깨끗해지기는커녕, 시뻘건 가면을 쓴 듯 보이는 내 얼굴을 거울로 들여다보곤 했다.

아버지는 나를 세워놓고 내 다리를 거침없이 밀어댔다. 나는 흔들리는 몸을 지탱하느라 애를 쓰며, 아버지의 몸에 묻은 것이 땀인지 물인지는 알 수 없는 일이라 생각했다. 그때 아버지의 모습은 마치 방바닥을 닦는 듯했다. 아버지는 타월에 묻은 국숫발의 때를 내게 내보이며, 아무도 없었을 목욕탕에서 내게 소리쳤다. 나는 그때 내가 매우 귀찮은 존재이자 물건 같다고 느꼈다. 아버지에게는 그게 아무것도 아니었겠으나, 나는 일곱 살의 생이 한창 시작할 그 무렵 가장 극심한 고통을 느꼈다. 아버지는 내 성기를 잡아당겨 자세히 들여다보며 때를 밀었고,

나는 나지막이 아프다고 말했다. 뒷걸음질에 내 고통은 더 심해질 뿐이었다. 아버지는 나를 잡아끌며, 도깨비 같은 눈으로 나를 다그치는 것이었다. 나는 그 대가로 바나나 우유 하나 사 달라며 조르는 법이 없었다. 나는 그저 즐겁게 목욕을 하고 부드러운 감촉을 느끼며 집으로 돌아가고 싶었을 뿐이었다.

나는 앉아만 있어도 가슴에 말뚝을 박은 듯 통증을 느꼈다. 통증이 너무 심하면 차라리 죽는 게 낫다는 사실, 이 땅에는 도저히 빠져나갈 구멍이 없다는 사실을 생각하며 이를 악무느라 나는 턱이 아플 지경이었다. 두통을 너무나 오래 참고 있으면 구역질이 난다는 사실도 나는 알아낸 듯했다. 그래서 어쨌단 말인가? 나는 도저히 지금의 기분을 해소할 수 있는 그 무엇도 찾지 못했다. 몇 개월간 카페에 앉아만 있던 나는, 결국 죽는 것 말고는 방법이 없다는 사실만 매일 떠올릴 뿐이었다.

집으로 돌아간 나는 저녁을 먹은 후 설거지를 했다. 그리고 방 안에서 하릴없이 시간을 보냈다. 어머니는 아마 일찍 잠자리에 든 듯했다. 거실에서는 늦은 시각까지 아버지의 노랫소리가 들려왔다. 나는 그 거실에서 또다시 아버지와 말다툼을 하는 장면을 떠올렸다. 나는 해서는 안 될 이야기를 모두 해대는 상상을 했고, 손잡이가 새카만 부엌칼의 위치를 자주 떠올리기 시작한 것은 최근 일이었다.

'이 새끼 봐라!' 나는 아버지의 놀란 두 눈을 똑바로 바라보고 있었다. 내가 손에든 칼에는 시뻘건 피가 묻어 있었다. 내 몸도 마찬가지였다. 누런 벽지에 흘러내린 피는 마치 피눈물처럼 보였다. 나는, 더러워진 벽지를 본 아버지가 오히려 나를 나무랄 것으로 생각하는 것이다. 나는 피가 쏟아지는 구멍을 양손으로 벌릴 수만 있다면 더는 바랄 것이 없으리라 생각하는 것이었다. 그것은 전혀 구역질을 동반하지 않는 생각이었다. 온 바닥에는 피가 흥건할 수 있으나, 그것은 생각보다 깔끔하게 죽는 방법이기 때문이다.

"뭐하니? 문 좀 열어봐!"

아버지가 내가 있던 방의 문을 사정없이 두드리며 소리쳤다.

"냉면 해줄 테니까 먹을래?"

최근 아버지는 내게 냉면을 해주고자 했다. 물론 나는 그것을 굳이 거절하는 법이 없었다. 아버지는 내게 다른 것들도 얼마든지 권하는 듯했다. 나는 오직 그것만이 대화를 나눌 수 있는 몇 가지 방법의 하나라는 사실을 자연스럽게 받아들이고 있었다.

아버지는 내가 집을 나서기 전 "집에 오면 냉면 먹을 거지?"라고 묻곤 했다. 집으로 돌아온 내가 둘러본 식탁 위에는 뜯어진 냉면이 커다란 쟁반 위에 풀어진 채 뒤엉켜 있었다. 아버지는 물이 끓는 동안, 열무와 고추장 소스를 버무렸고, 또 다른 냄비 안에는 달걀이 이리저리 흔들리고 있었다.

나는 앉아있지도 못할 몸이 되면 집으로 돌아올 수밖에 없는 사람이 아닌가? 아마 나는 이러한 일을 몇 번이고 반복해야만 할 것이다. 아버지는 언제든 내가 먹을 양의 냉면을 뜯어 끓여주고, 다시 텔레비전을 보며 노래를 부르는 것이다. 언제든 그 일은 그칠 수도 있었지만, 나는 이러한 사실이 매우 정확히 들어맞는다는 것을 믿게 된 것이다.

어머니는 먼 지역까지 무료공연을 하고 돌아오는 모양이었다. 나는 집으로 돌아와 게임을 하거나 핸드폰을 들여다보는데 몰입하고 있을 뿐이었다. 그때 아버지가 방문을 두드렸다.

"아빠 잠깐 고모 만나고 온다." 나는 아버지가 그런 이야기를 왜 하는지 이해할 수 없어 아버지를 빤히 쳐다보았다. "뭐 하고 있었니?" 아버지는 내게 묻더니 대답도 듣지 않은 채 집을 나섰다.

나는 신경질이 뻗치는 것을 참으며 곧 하던 일에 몰입했다. 하지만 아버지는 다시 집으로 돌아왔다. 나는 괜스레 거실로 나가 아버지에게 이런저런 말을 걸었다.

"아이스크림 사 올 건데 드실 거죠?"

"그래, 네가 가서 사와. 고모가 고기 사준다고 해서 갔더니 정육점이 문을 닫았더라고." 아버지는 고모에게 전화를 걸더니, 이내 또 다른 볼일이 있다며 밖으로 나갔다.

나는 시장에 있는 마트로 향해 막대 아이스크림을 사 들고 다시 집으로 향했다. 나는 싼 가격에 파는 아이스크림을 종종

사 먹곤 했다.

집으로 돌아오던 내가 울음이 터져버린 것은 자신도 당황스러운 일이었다. 나는 앞이 흐려져 보이지 않을 만큼 눈물이 쏟아지는 탓에 돌아오는 내내 얼굴을 손으로 문대고 닦아내며 하염없이 흐느껴 울었다. 마주 오는 누군가가 내게 중요하지 않았다. 나는 언덕을 오르는 동안 길가에 나란히 앉아 수다를 떠는 할머니들이 나를 어떻게 보는지를 신경 쓸 겨를도 없었다.

"내가 아버지를 죽이고 싶어 한다는 걸 도저히 인정하지 않을 수 없다는 것이지. 아주 사소한 문제로 말이야. 나는 이 생각을 하루에도 수십 번 하느라, 그렇지 않은 나를 상상할 수 없어. 이런 생각이라도 하지 않으면 나는 미쳐버릴 지경이거든."

맨 처음 아버지를 죽이는 상상을 한 것이 집인지 카페인지는 알 수 없는 노릇이었다. 나는 맨 처음 아버지를 죽인 뒤, 질리도록 아버지를 죽이느라 그 수를 도무지 헤아릴 수도 없었다. 나는 카페에서 하루에도 몇 번 아버지를 칼로 찔러 죽인 뒤, 집에서는 아버지가 말을 걸거나 혼자서 무엇인가를 하기 위해 집 안 곳곳을 돌아다니는 모습을 보며 그런 생각들을 떠올렸던 것이다.

우선 나를 죽이는 상상, 나는 내가 드디어 죽고 싶어 안달이 났다는 사실을 깨달았다. 가능하다면 나는 날이 선 칼을 목구멍으로 쑤셔 넣으면서도 어디 피 한 방울 묻히지 않을 수 있을 것이다. 텔레비전이나 그 옆에 세워진 마리아상에 피가 묻지 않도록, 나는 부모가 보는 앞에서 자살을 감행할 수 있을 것이다. 그 방법은 내가 카페에서 분명 여러 가지 생각을 동원해 떠올려본 것이다. 벽에 대고 손가락을 하나씩 잘라, 나는 그들에게 내 생각을 설득해보려 노력해볼 수도 있으리라. 하지만 나는 열 손가락도 모자랄 것이라는 사실만 떠올렸다. 하나의 마디도 자를 용기가 없는 나는 자리에 앉아 이러한 생각만으로 시간을 보냈다.

팔다리가 잘려나간 나는, 모든 힘을 짜내 어떻게든 아버지를 죽이고자 했던 것이다. 삶에 찌든 얼굴에 또 다른 주름들을 잔뜩 내야만 직성이 풀리는 것이다. 가능하면 자세하게, 나는 그 모든 일어날 수 없는 상황을 머릿속으로 떠올려보는 것이다. 나는 한 번도 달려가 품에 안겨본 적 없는 아버지에게 그대로 돌진해, 다 커버린 내 몸으로 찔러 넣은 칼을 더 깊숙이 집어넣고 싶었던 것이다. "아버지! 제발 죽어줘! 죽어! 아버지!" 나는 이렇게 외칠 수도 있을 것이다. 나는 실핏줄이 터져나간 눈을 부릅뜨고 그 모든 것을 놓치지 않고 바라보리라. 눈물과 콧물 범벅이 되어 주먹을 치고 머리를 들이받으며 나는 아버지에게 사정하듯 외치고 있었다. 좀 가르쳐주지 그랬느냐고 말이다. 하지만 그것은 불가능했던 일이 아닌가? 나는 수십 수백 번 그 일을 해내면서도, 그때마다 눈물을 쏟지 않고는 아무것도 할 수가 없었던 것이다. 나는 모든 순간을 한 참에 시간을 들여 실감 나게 떠올린 뒤, 그것들을 처음부터 반복하곤 했다. 몇 개월 동안 나는 오직 그 일만 반복하며 살았다. 어쩌면 나는, 단 한 번도 제대로 살아본 적이 없지만, 그 삶은 영원히 반복될 곡선 위에 놓여 있었다.

그 후 나는, 컵라면 하나에 소주 한 병을 모두 마셔야 잠자리에 들 수 있었다. 나는 행복한 사람은 술을 마시지 않는다고 생각했으나, 지금은 그러한 것도 내게 무의미한 듯했다. 나는 그저 정신을 멍청하게 만들어 그 모든 것을 잊고만 싶었다. 하염없이 눈물을 흘리던 나는 몸을 앞뒤로 흔들며 고개를 들어 소리 없이 울었다.

"아버지가 텔레비전을 보며 내는 기침 소리, 음악에 맞춰 배를 두드리는 소리, 커피 한 잔을 마시고 내뱉는 소리가 무슨 소용이야? 하지만 그 모든 것들은 하나의 의미가 있었던 거야." 나는 몸을 흔드는 일이 결코 괴로움을 벗어나는 데 아무런 도움이 되지 않는다는 사실을 잘 알고 있었다. 하지만 나는 더 격하게 몸을 흔들었다. "어머니가 밤마다 방에 들어와 내 생사를 확인하는 일을 도저히 그냥 웃어넘길 수가 없다는 말이지. 하지만 나는 아버지를 죽이고 싶지도 않고, 그 모든 것을 농담으로 웃어넘기고 싶을 뿐이야."

내가 떠올린 것은 고흐의 얼굴이었다. 가장 커다란 역겨움이 치밀어 올라왔을 그때의 나는, 그 누구의 얼굴도 아닌, 자신의 삶을 모조리 소진했다고 여겨지는 단 한 사람을 떠올려보려 애썼던 것이다. 그는 오직 그림만 그리느라, 그 이외에 모든 것은 그에게서 일체 뒷전이었을 것이다. 그의 삶의 행적을 되짚어보던 나는, 그가 돈을 벌지 않았다는 것, 그가 아버지를 끝내 용서하지 못했으리란 것도 익히 알고 있었다. 한편으로 나는 그에게 실망도 했던 것이다. 그가 나를 여전히 떨리게 한 것은, 존엄하지 못했을 삶 속에서도 그리기를 포기하지 않았다는 사실이었다. 그에게는 정말 그것이 문제가 되지 않았던 것이다. 나는 아직도 무엇이 강하고 약한지를 알지 못했기에 이토록 소중한 시간을 헛되이 보내고 있지 않은가. 나는 이 괴로움에서만 벗어날 수 있다면, 벗어날 방법만 내게 주어진다면 다른 것을 모두 내어줄 수도 있지 않을까? 나는 그가 모든 것을 알면서도 누구보다 모른 척했다는 것, 마치 그림을 좋아하지 않는 사람처럼 매일 그림을 그렸다는 사실에 놀랄 따름이다.

나는 어디서든 배가 고프지 않았다. 집으로 돌아온 나는 격하게 자위를 해대는 것인데, 조금이라도 긴장된 감정을 추릴 수 있었기 때문이다. 만족스럽지 않은 하루에서 내가 할 수 있는 것은 그런 것뿐이었다. 내일 나는 또다시 카페로 가겠지만, 결국 아무것도 하지 않은 채 집으로 돌아올 것이 뻔했다. 집으로 돌아오는 시장길에서는 그 모든 풍경이 내겐 괴롭기만 했다.

나는 간혹 미친 사람처럼 카페에 앉아, 이러한 괴로움이 즐겁다고 생각하며 더욱 고통을 탐닉하려는 듯 몸을 움츠린 채 눈알을 돌렸다. 내가 써대는 글은 가장 큰 기쁨에 도취한 인간이 써대는 글인 것만 같았고, 어제 내가 쓴 글은 그 모든 것에 대한 분노로 가득 차 있었다. 하지만 그것도 머지않아 그치고, 나는 또다시 우울증을 앓는 사람처럼 아무 의욕도 느끼지 못했다. 그리고 또다시, 어디까지 도달해야만 내가 자살을 하는지가 궁금하다고 생각하는 것이다. 죽는 것은 정말 큰 용기가 필요하다고 나는 생각했다. 죽을 용기로 해보라는 말은 정말 농담이 아니다.

"하지만 나는 죽고 싶지 않아, 그저 한 번뿐인 내 삶을 잘 살고 싶을 뿐이야."

카페에서도 집에서도 나는 더 이상 울지 않았다. 그 모든 괴로움을 안고 집으로 돌아간 나는 또다시 절망에 빠져 내일을 기다리고 있었다.

"나를 죽이지 못하는 것은 나를 더욱 강하게 만들지." 내가 할 수 있는 것은, 오직 지금의 고통을 참아내며 이를 꽉 다무는 일이었다. 그리고 또다시, 어디까지 내가 괴로움을 느낄 수 있는지를 시험해보는 일을 할 수 있는 유일한 노력으로 생각하는 것이었다.

집으로 돌아오며, 나는 이유를 알지 못했던 말들이 내게 얼마나 커다란 의미인지를 깨달았다.

"물론 서른 살에 죽나 육십에 죽나 다를 것이 없다는 말은 타당하지. 하지만 내가 그 말조차 정말 믿는지는 또 하나의 의문이 드는 거야. 나는 정말 인생이 아무 의미도 없다는 말을 믿었던 것일까? 누군가 그 말을 믿고 살아낼 힘을 얻을 수 있다고 말한다면, 나는 그것이 거짓말이라고 우기고 싶을 정도야. 나는 단 한 번도 내 삶이 의미가 없다고 생각해본 적이 없어. 단 한 번도. 물론 인간에겐 태어난 이유가 없지. 하지만 내가 태어난 순간이야말로, 그것은 이 고통의 세계에 하나의 관점, 하나의 의미가 내던져졌다는 말이잖아? 그 사소한 순간마저도 내게 의미가 있었기에, 나는 그 모든 고통을 감당할 수 있었던 거야. 내가 죽고 싶은 이유는 단지 지금의 삶을 제대로 살아본 적이 없다는 생각 때문이고, 그 삶이 무수히 반복될 것이란 두려움 때문이라고."

나는 익히 알고 있었던, 드디어 열과 성을 다해 믿게 된 이 커다란 괴로움을 매일같이 마주하고 있었다. 나는 이 믿음과 어떻게든 또다시 칼날을 들이대 싸우고자 했다. 믿게 된 생각이야말로, 그 무엇인가를 바꾸고자 했던 사람은 어떠한 생각을 가장 절실히 믿었던 경험이 있기 때문이다. 나는 하나의 체험을 통해, 여지 것과는 비교도 하지 못할, 두려움과 괴로움이 뒤섞인 역겨움을 느끼고 있었다.

　나의 삶이 무수히 반복된다는 생각, 이것은 형이상학이며 모순 그 자체이다. 그에 비해 인간은 우연히 주어진 삶을 딱 한 번, 아주 연약하게 살아갈뿐더러, 어처구니없는 죽음을 맞이할 뿐이다. 나는 어디든 오가며 이 생각을 하는 것이었다. 이제 하루 중 내게서 가장 큰 것은, 주체할 수 없는 분노가 자꾸만 입 밖으로 솟구쳐 나온다는 사실이었다.

　나는 피고름을 짜내듯 죽지 않을 만큼의 피를 흘려가며, 너희는 상상할 수도 없는 괴로움을 견뎌온 사람이다. 그리고 나는 이제 그 모든 가치를 부숴버린 인간일 따름이다. 독에 물을 들이붓는 일이 아니라, 나는 꽤 쓸모 있었던 독이라면 뭐든지 기꺼이 깨부수고 싶어진 것이다. 나는 돈이라는 가치, 신이 올라섰던 자리 위에 너희가 가져다 놓은 그것, 너희를 둘러싼 모든 의미를 피어나게 한 가장 거대한 가치도 없애고자 한다. 그렇게 할 수만 있다면, 단추 구멍 하나의 가치도 없는 너희 인생은 어디에서 의미를 찾을 수 있을까?

　너희는 돈을 위해 살지, 한 번도 바라는 인생 따위는 떠올려 본 적도 없지 않은가? 너희가 바라는 것은 그저 이대로 아무 탈 없이 오래 사는 것이지만, 입 밖으로 죽어도 내뱉지 못할 그것은 여전히 너희의 목줄을 죄고 있는 것이다. 너희는 돈을 위해 남을 죽이면서도, 삶이 지루하다는 것을 절대 인정하지 않는 것이다. 너희도 그저 버티고 있는 것에 불과하지 않은가? 나는 너희들에게 돈의 가치를 빼앗음으로써, 견딜 수 없는 괴로움을 주고자 한다. 너희는 지루하고 비루한 삶이 끝없이 반복된다는 생각을 할 수나 있는가? 똑같은 삶은 한 치의 새로움도 없이 영원히 돌아오는 것이다. 아마 너희는 죽고 싶어 할 것이고, 죽고 싶어 안달이 날 것이다. 돈은 거짓말을 하지 않으니까, 그것이 어쩔 수 없는 일이라고 말하는 너희야말로 비겁함과 가장 어울리는 인간들이다.

진실을 가리는 너희는 어쩌나 작은 존재인지, 벽에 머리를 처박아 마땅함에도 곧 죽지 못할 것이다. 이 세상에 고통의 의미가 하나 생겨난다면, 너희는 억만금을 주고도 그것을 가지려 들 것이며, 또다시 누군가를 죽여서라도 그 의미를 너희 것으로 만들려 할 것이다. 하지만 나는 진실 하나만을 원한다. 고통의 무의미, 이것이 너희를 그토록 괴롭히는 것이다. 벌어들인 돈으로 너희가 무엇을 하는지 봐라, 억만금이라는 것도 사실 너희에게는 아무 쓸모가 없는 것이다. 너희는 그것을 놓고 살아보려고 하지도 않고, 도무지 아무것도 알고 싶어 하지도 않는 것이다. '얼마든지!'라고 말할 수 있을 정도로 강한 인간을 나는 단 한 번도 본 적이 없다. 이 체험 때문에 나는 하루에도 수십 번의 다른 생각만 떠올릴 따름이다. 너희는 땅을 치고 이라도 갈 작정인가? 너희는 어떻게 돈에 따르는 가치만을 찾으며 지루한 인생을 아무 의미도 없는 것들에 힘입어 흘려보내고 있는 것인가? 나는 묻고자 한다. 과연 너희의 인생에 가치가 있느냐고. 그것이 과연 살 만하며 가장 커다란 의미로서 존재할 수 있는지에 대해, 나는 이토록 화가 나 묻고 싶을 따름이다.

며칠 후 나는 카페에 앉아, 어떻게 하면 가장 고통스럽게 죽을 수 있을지에 대해 골몰하고 있었다. 그때였다. 물밀 듯 차오른 역겨움에 치가 떨리는 순간, 나는 문득 소설을 써야겠다고 다짐했다.

"내가 소설을 쓰고 싶다고 생각한 적은 많지만, 이렇게까지 간절하다고 여겨본 적은 없어."

나는 꽤 오랫동안 아무것도 하지 않은 덕택에 쉬지 않고 글을 쓸 수 있었다. 카페에 있는 시간은 모두 글을 쓰는 것으로 채워졌고, 나는 집으로 돌아가 곧 잠자리에 들 수 있을 정도였다.

"소설가들이 처음 쓰는 이야기가 왜 대부분 자신의 이야기인지 알 것 같아. 그 말 역시 내겐 정말 타당해!"

이 주에 가까운 시간 동안 나는 이백여 페이지를 채울 수 있었다. 나는 그것이 소설이라고 생각했지만, 대화조차 없는 글은 철학책처럼 주석도 달지 못하는 상태였다. 나는 꽤 오랜만에 모든 힘을 쏟아 낸 듯했다.

"나는 생전 처음으로 최선을 다했다는 생각이 들어."

나는 그것을 제쳐두고 잠시 쉬며 며칠을 보냈다. 나는 아주 조금 책을 읽었을 뿐, 무엇이 나를 그토록 쓰게 만든 것인지도 알지 못한 상태였다.

내가 정신이 든 것은 내 발밑까지 빗자루를 들이밀어 쓸어대는 카페 직원 때문이었다. 그녀는 몇 달 전부터 카페에서 일하고 있었다. 나는 자리에 앉아 청소하는 그녀를 처음 보듯 뜯어보고 있었다. 그녀는 작은 키에 평범한 얼굴, 갈색 머리는 항상 하나로 질끈 묶은 상태였다. 그녀는 카페 직원으로도 보이지 않을 만큼 청바지에 편안한 티셔츠를 입고 일을 했다.

나는 커피를 주문한 채 자리에 앉아 있었다. 썼던 소설이 읽어볼 수도 없을 지경이라는 것은 확실했다. 그래도 나는, 그것을 고쳐보리라는 생각에 기분이 조금 나아진 듯했다. 기쁘다는 생각은 들지 않았다. 며칠을 보내는 동안, 나는 그 많은 글을 고쳐볼 자신감만 얻은 듯했다.

그녀에게 커피를 건네받았다. 내가 잠시 머뭇거리는 사이, 그녀가 말했다.

"일부러 큰 사이즈로 드렸어요."

나는 그녀에게 고맙다고 말했다. 그녀가 내게 크기가 큰 커피를 준 것은 그때가 처음이 아니었다. 나는 오로지 소설을 완성해야만 한다는 생각뿐이었다.

며칠 후, 또다시 그녀는 내게 큰 사이즈의 커피를 주었다. 자리로 돌아온 나는, 그녀에게 고맙다며 적어둔 쪽지를 줄지 말지 고민했다. 여자와 대화를 나눠 본 것도 내게는 그저 먼 과

거의 일이 되어있을 뿐이었다.

나는 소설을 완성한 후, 새로운 아르바이트를 시작했다. 아침 일찍 백화점에서 옷을 나르는 일이었다. 세 시간만 일하면, 나는 그만큼의 돈을 받을 수 있었다. 적게 일하는 대신 나는 쓸 만큼의 돈을 벌 수 있어 만족했다. 핸드폰 요금과 교통비, 매일 내야 할 커피값을 내고도 내게는 얼마의 돈이 남아있을 것이었다. 나는 계산하듯 떠올려본 돈으로 책도 살 수 있으리라.

새벽같이 일어나는 일이 결코 힘들지 않았다. 일하는 것도 마찬가지였다. 나는 처음 하는 일에 실수도 했지만, 얼마든지 그럴 수 있다고 생각했다. 정해진 일 이외에도 나는 가끔 저녁에 그곳에서 일할 수 있었다. 그러면 내게는 그만큼의 일당이 더 들어왔다. 나는 얼마의 돈을 부모님에게 드릴 수도 있으리라. 일이 끝나면 곧바로 카페로 향했다. 내가 카페에 가는 시간은 여전히 비슷했다.

그녀가 평소처럼 내게 큰 사이즈의 커피를 내밀었고, 퇴근할 때는 내게 먼저 인사를 건네주었다. 나는 그녀가 내 편지를 마음에 들어 하는 것으로 생각했다.

커피를 받고 돌아서려던 찰나, 그녀가 내게 말했다.

"군대에 다녀오셨죠?" 나는 그렇다고 대답했다.

"남자친구가 저번 달에 군대에 갔거든요. 엄청 추운 곳이라, 밖에서 파는 내복을 보내줘도 상관이 없을까요?" 나는 그녀의 말에 조금 얼버무렸다. 예전과는 많이 달라졌을 것으로 생각할 뿐이었다. 자리로 돌아온 나는 조금 뒤 다시 그녀에게 말을 걸었다.

"남자친구의 입장이 조금 곤란해질 수도 있어요. 방법이라고 하면 다른 사람들하고 나눠 먹을 과자를 함께 보내는 거죠."

카페에는 여전히 그녀와 나 둘뿐이었다. "같이 이야기하고 싶어서요." 나는 그녀에게 먼저 말을 걸었다. 그녀는 내 옆자리 맞은편 자리에 앉아 이야기했다. 그녀가 서슴없이 성적인 농담을 하는 것에 나는 조금 놀랐지만, 우리는 곧 시간 가는 줄 모르고 이야기를 나누었다. 나는 일이 끝나면 곧장 카페로 달려갔다. 처음에 나는, 그녀에게 이렇다 할 직업이 없음을 말한 상태였다. 그래 봐야 또다시 스스로 회사를 박차고 나왔음을 더 구체적으로 말했을 뿐이었다.

나는 그녀와 마주 앉아 이야기하는 사이가 되었다. 처음보다 그녀는 더 예뻐 보이기도 하고, 생각보다 더 누런 치아가 보였다. 그녀가 피우는 담배 때문이라고 생각했다. 나는 그녀의 눈을 똑바로 바라보며 이야기를 나누었고 가끔은 그녀의 가슴을 바라보았다. 그녀의 작은 가슴이 옷 위로 봉긋하게 드러나 있었다. 그녀는 간혹 의자에 두 다리를 올린 채 나와 이야기를 나누었는데, 나는 그녀에게 심한 정욕을 느꼈다.

그녀가 항상 먼저 꺼내는 이야기는 남자친구에 대한 불만이었다. 그들은 전화만 하면 항상 싸우는 듯했다. 나는 그녀에게 말했다.

"생각을 해봐, 전화를 할 수 있는 시간은 정해져 있고, 네 남자친구는 곧 잠자리에 들어야 해. 그러니 네가 전화를 못 받는 건 이해하지만, 남자친구로서는 좀 답답할 수 있지." 그녀는 내 이야기에 귀를 기울였다.

"떨어져 있어서 그래. 그래서 싸울 필요가 없는 일에도 싸우게 되는 거지."

사실 그녀 남자친구의 일 따위 아무런 상관도 없다고 생각했다. 그녀와 나는 오전 일찍부터 정오까지 이야기를 나누고 있었다. 나는 그녀가 내가 카페에 오는 것을 의식하고 있다는 느낌을 받았다. 그녀가 몸처럼 지니던 핸드폰을 어딘가에 두고 나와 이야기를 한다는 사실은 나를 무척 기쁘게 만들었다. 그녀가 내 팔을 만질 때마다 나는 온몸이 달아올랐다. 그녀는 남자친구가 곧 휴가를 나올 것이라 기대하는 것이었다. 며칠 후 그녀가 남자친구와 섹스를 한 것처럼 내게 말했을 때, 나는 무척 화가 났던 것 같다.

이상하리만큼, 나는 언제부터인지 죽고 싶다는 생각을 하지 않는 것이었다. 그토록 알고 싶어 했던 자신에 대해서도 나는 다 잊은 듯했다. 그녀가 남자친구와 섹스를 하는 상상을 하자, 나는 더욱 격렬하게 그녀의 몸을 떠올렸다.

집으로 향하며 나는 지하철 계단 아래에 있었다. 내 눈에 띈 남자는 다리가 무척 불편한 듯했다. 커다란 여행용 가방을 양손에 든 그는 몸 한쪽으로 그것을 들어 자신과 가방의 무게중심을 맞추고 있었다.

당연히 그를 지나치고 싶어 했던 나는, 그 남자의 가방을 낚아채 계단을 오르기 시작했다. 남자는 나에게 고맙다는 눈인사를 했다. 나 또한 그에게 인사를 했지만 묵묵하게 가방을 들고 계단을 오르고 있었다. 사실 가방은 색깔만 요란할 뿐, 전혀 무겁지 않았다. 마치 아무것도 들어있지 않다는 생각이 들 정도였다.

계단을 다 오르고 나는 그 남자에게 인사를 한 뒤 서둘러 집으로 가는 골목으로 들어섰다. 그리고 이 생각을 우연히 떠올렸다.

"반복한다는 것은 내가 원하는 것을 반복한다는 말이 아닐까?" 나는 아마 그 내용도 책에서 읽은 듯했지만, 마치 처음 드는 생각 같다고 느끼는 것이었다.

"나는 생각하는 것도 귀찮다고 여겼으면서 왜 저 사람을 도와준 것이지? 맞아, 그것은 내가 원했기 때문이야." 나는 사람이 많이 오가는 시장으로 들어섰다. "나는 그토록 믿었던 생각마저 까먹은 듯하고, 내일 그녀와 무슨 이야기를 할지 생각하느라 책 읽는 일도 제대로 할 수 없잖아."

시장길에는 수많은 상점과 가게, 내가 그토록 괴로워하며 지켜보았던 불빛들이 가득했다.

"나는 내일 일찍 일을 마치고 다시 카페로 갈 거야. 나에게 앞으로 어떠한 문제도 일어나지 말란 법이 있을까? 나는 이제 알아. 나는 그 문제 또한 해결할 수 있는 거야. 고통이 찾아올 때마다, 나는 그 문제를 극복할 힘도 가지고 있는 거지. 게다가 지금처럼 무엇인가를 느끼는 순간보다 나를 행복하게 하는 건 없어."

밤하늘에는 수많은 별이 보이는 듯했다. 나는 집에 거의 다 다르는 곳에서 가장 걸음이 빨랐다.

"나는 당장이지 죽어서 없어지고 싶은 기분이지만, 그것도 예전보다는 덜한 듯해. 나는 내 인생을 무수히 반복할 만큼 산다는 것이 무엇인지, '삶을 사랑하라'는 말이 무엇인지도 알고 싶어. 나는 써두었던 소설을 고칠 생각이야. 그러면 나는 아르바이트도 전혀 지루하다고 생각하지 않는 것이지. 내게는 어떤 고통도 감당해낼 힘이 있어. 이 생각만 하면 나는 웃음이 날 지경이라니까."

나는 가슴이 벅차올랐다. 적막한 길을 지나 언덕을 오르는 일도 내겐 수월했다. 모퉁이를 돌자, 새빨간 벽돌로 지어진 빌라의 맨 꼭대기에 자리 잡은 우리 집이 보였다.

## 에필로그

누군가 말했다. "우리 사회에서 자기 어머니의 장례식에서 울지 않는 사람은 누구나 사형선고를 받을 수 있다."라고. 건강한 사람이라면 누구든지 어느 정도는 자기가 사랑하는 사람의 죽음을 바랐던 경험이 있다는 말에도 나는 크나큰 위로를 받았다. 나는 그가 틀렸다고 하기보다, 아마 이런 말들을 덧붙이고 싶었나 보다. 누구든 자신의 확신에 온몸을 던지는 사람은 다른 사람을 죽일 수밖에 없다고. 하지만 그것은 자신에게 아무 의미도 없을 육신이 아니라, 자신이 그토록 미워했던 사람, 그는 죽음을 바라는 이를 바라보며 하염없이 눈물을 흘릴 수밖에 없다고 말이다. 이제 나는 누군가에게 위로가 될 수 있는 사람이고 싶다.

"자기 부모가 무엇을 좋아하는지 관심을 가지는 사람은 누구나 사회로부터 사형선고를 받을 수 있다."